生涯現役人生

幸福活到100歲

大川隆法 著

前言

PREFACE

彷彿是在開拓處女地一般的心情下，我決定出版這本書。我本身不管是心理或身體都還很年輕，所以要論述最終版的「生涯現役人生」，或許還要再過數十年之後吧！

這個國家的社會問題，在於人口結構的高齡化以及青壯年階層的賦稅負擔增加。並且，日本變成了高度福利國家，社會的活力逐漸消失。

「生涯現役」正是如此問題的答案，此為讓個人與國家皆能發展繁榮之道。

「生涯現役」，首先要從心態上以及持續的努力開始。切不能忘記一切始於心念。

幸福科學集團創始者兼總裁　大川隆法

CONTENTS

4. 如何活出「生涯現役」的人生 104

第三章

生涯現役應具備的條件

3. 鍛練頭腦

第一章

如何能活得長壽？

1 希望能夠長壽並非是執著

不論活到幾歲，人都有著能學習的事

第一章我以「如何能活得長壽」為題，試著談談有關於長生的秘訣、要點。

在幸福科學學習的人當中，或許有人會覺得「『想要長壽』這樣的想法不就是一種執著嗎？」。因為在本會當中，有著所謂「諸行無常，切不可拘泥於世間事物」的教義，因此有人就會產生那般疑惑吧！

但是，人是刻意地轉生到這個世間來的。

要轉生到世間，是一件相當辛苦的事。從靈界轉生到今世時既有著困難的手續，宿於母親腹中也是相當辛苦的事。要在如同黑暗洞窟的空間裡，安安靜靜地待上好幾個月的同時，還必須要忍受「不知道是否真能出生到世間」的如此不安感。而且，出生之後「自己過去做了什麼事」的所有記憶，都會被抹消，變成一個單純的小嬰兒。

人為何要冒著如此風險而刻意轉生到世間呢？其原因就在於，今世有著許多可以學習的事情。

因此，「既然好不容易能夠出生，當然要盡可能學習更多事物之後再回到來世」的這個想法，我不認為是一種執著。

當然，在世間當中，對物質的東西太過於執著會是個問題，但只要「在世上學習更多事物」是轉生輪迴的根據的話，「讓世間人生過得更加充實！更有意義！」的如此想法，不是一件壞事。

實際上，若是聆聽了年長者所說的話語，即會發現不論活到幾歲，都有著能學習的事。

五十歲時有五十歲的學習，六十歲時有六十歲的學習，七十歲時有七十歲的學習，八十歲時有八十歲的學習，心裡思忖著「九十歲的時候，應該就沒有要學習的了吧」，但實際上也還是有的。有些事情不到九十歲或是一百歲就不會了解，即使到了九十歲或一百歲，也似乎都還有著要學習的事。

有位長壽的長者曾說道「五十歲或六十歲就死了的話，其實並未真正成就了這個人生，看起來似乎還有很多事未能充分學習」，所以不論活到幾歲，都有著還需要學習的功課，這本身也是值得感謝的事。

的確，有些事情若還不到相當的歲數就無法了解。在「讓此生過得有意義」的意思上，我認為有著充實的長壽人生是件好事。

長壽而歸天之人，對於世間的執著較少

做為第二個希望能夠長壽的根據，即是「長壽而歸天之人，對於世間的執著比較少」。

長壽的人已經做好對於死的準備、對於離開世間的準備。

現今日本人的平均壽命，男性是七十九點四歲，女性是八十五點九歲，平均大約是八十三歲（依據二〇一一年的數據資料）。因此，當漸漸接近八十歲的時候，人們會想到「差不多是時間了吧？」，進而開始為死亡進行準備，好比心理上的準備或是與家人道離別的準備等等。

但是，如果是在那之前就辭世，因為還沒有準備好，所以就容易遺留執著；現實當中即是如此。

另一方面，接近了平均壽命，大概就會開始思考死亡。超過了平均壽命，到了九十歲或一百歲時，漸漸就會轉變為「隨時皆可離開」的心境。

接著，對於世間的執著越來越少，某天就會像是蟬在脫殼一般的「羽化登仙」，之後就離開前往來世；這並非是一件壞事。

所謂的「生老病死」，雖然肉體會逐漸老去，但是要說老化本身是不好的嗎？其實並非如此。不論是對自己或者是對旁人，能夠客觀地看到「返回來世的準備正在進行中」、「這肉體軀殼漸漸僵化，自己正脫去那軀殼」，這並非是那麼不好的事。

在還很有活力的狀態下死去，即便跟此人說「不要留有執著」，但仍然還是會留下的。

因此在這層意義上，活出最後能夠自忖「這次自己真是努力過來了！不枉此生了」的人生，並且自然地離開世間是一件好事。能夠長壽而歸天的人，對世間的執著會變得比較少，此人「人生得以成就了」的如此情緒也會變強。

當然，人生的過程也很重要。「過著非常悲慘的人生而長壽」是很辛苦的事情，我認為「過著非常幸福的人生且長壽」才是最好的境界。

具備能因應「百歲人生時代」的心態

做為希望能夠長壽的第三個根據，現今日本人的平均壽命是八十三歲，有人說「在二十一世紀裡，大概會到一百歲」。這並非是預言，而是有科學根據的說法。

過去在明治時代，日本人的平均壽命往往無法超過五十歲，有很多人在四十多歲就過世，在更早前的江戶時代或戰國時代也大概是五十歲，當時人們有著「超過了四十歲，隨時皆可離世」的想法。但是，隨著營養狀態變好，醫療水準提高，壽命便逐漸延長，來到現今的八十三歲。

若是營養持續改善，醫學水準更加提升的話，壽命應該還會持續延長吧！特別是在醫學方面，很會學習的聰明人士齊聚於一起，想著「不能讓人死亡」而拼命地進行著研究。因此而出現了「客觀來看，在二十一世紀裡，平均壽命應該會延長到一百歲左右」的說法。

所以，二〇〇〇年前後出生的人活到二十二世紀初期的可能性非常的高，從客觀來看即是如此。並且，推測在那個時候，活到一百二十歲左右的人也會很多吧！

如此一來，如果只預定計畫活到太年輕的歲數，比如五十歲或者六十歲左右為止的話，該預定計畫結束後，人生還有剩餘四十年以上的時間，屆時就會出現相當辛苦的狀況。在這種情況下，很有可能就會有所謂「比死亡還痛苦的四十年或五十年等著此人」的事情發生。

因此，必須要先設想「平均壽命會到一百歲左右」，並且得樹立計劃規劃人生。

當然，在中途有人會「跳級」提早「畢業」。不過，如果在世間活得時間比預定的時間還要久的話，多半會因為「完全沒有準備」而過得很辛苦。

我認為還是從現在開始，先做好能夠耐住「人生百歲時代」的準備。

以上，我列舉了三個希望能夠長壽的根據。

第一個即是「不論是到幾歲，人都有要學習的功課，都有著不到那個年紀就無法了解的事情」。

第二個即是「長壽而歸天之人，因為對於世間的執著比較少，回到來世會非常順暢。完成原本預定壽命之人比較容易返回天國」。若是死得太早，會留下對於世間的執著，多半無法順利地回到來世。特別是「孩子還年幼」、「家庭經濟基礎還不夠穩固」等等情況，會變得更為辛苦。

第三即是因為「『在二十一世紀裡，或許平均能活到一百歲』的說法在科學上也成立，活躍於現職當中的人們，應該要抱持著能夠因應百歲時代的想法、心態」。如果沒有做好心理準備，那即會面臨辛苦的晚年。

2 活得長壽的五個方法論

方法論一　樂天地生活

在上一節有提到過「希望能夠長壽的根據」，那麼做為「為了能活得長壽的方法論」，可以列舉出怎麼樣的方法呢？

對此要去進行措述並不是什麼困難的事，因為實際上長壽之人大有人在。

只要去觀察「長壽的人們有著什麼樣的心靈傾向」、「持有著怎樣的生活方式」，在某種程度上便會發現共通點。雖然每個人都有著各種差異，但也還是會有一些共通點。去觀察這些共通點，便可以了解如何能長壽的方法論。

有鑑於此，觀察一下長壽之人的共通點，第一點能夠舉出的即是有著「樂天」的傾向，樂天派還是佔多數。

我想思考一下所謂「樂天」的意思，這並非一定就是指「積極」。積極思考類似於採取肯定且行動的思考方式，但是與樂天還是有著不同。大概有一半是相同的，但是並不完全一樣。

之所以這麼說是因為抱持著積極思考的現代商務人士裡面，有很多人因為太過努力進而導致過勞死。行動上有衝勁是件好事，但是因為強烈的壓力，進而燃燒殆盡而早逝的人也大有人在。積極思考與樂天主義並不一定是相同的。

在積極思考中，當然包含著肯定的人生觀，但是若僅是過著如優秀商務人士般的人生，是否就能長壽，答也並不一定如此。

此外，雖說身體強健是好事，但是往年運動選手的壽命並不很長。似乎有很多人比平均壽命還早逝。或許那是在強化身體的過程中，非常勉強地耗用肉體所導致。在運動等活動中，過分鍛鍊身體時，不用等到六十歲或七十歲，有很多一過了五十歲就過世的例子。

沒有達到運動選手等級，而是因為興趣而從事運動的人雖然不致於此，但是太過勉強的情況下，反而會特別早逝。

就像這樣，可以說積極主義並非一定與長壽有所連結。

再者，在工作方面，如果是身處於過度激烈的競爭主義，退休之後就猝死早逝的例子也有很多。有很多人在退休之後五年內，也就是說在六十歲前半就過世。

在商務世界中，一直處於激烈奮戰狀態下的人，一旦脫離了那樣的環境，要做的事情突然間沒有了，「神經」也就會突然崩潰，猝然而逝。

樂天主義並不一定就是積極主義。在積極主義之中，雖然也有與成功相連結的元素，但是樂天主義並非如此，而是比較不拘泥的人生態度。基本上那是指光明正向的人生觀，但是並非是沉浸於競爭主義或戰鬥中的人生態度，此外，也不是一直過度鍛鍊身體的生活方式。

．不猶豫不決、不勉強、不發怒

直到將近百歲仍活躍的現役女性作家當中，有一位叫做宇野千代的作家（一八九七年～一九九六年）。

我讀了這位作家於九十八歲所寫的書，書中寫道「長壽的人有三個共通的性格特性。第一個是不猶豫不決、第二個是不勉強、第三個是不生氣」，我想大概就真的是如此。

「猶豫不決」就是所謂的悲觀主義，如果此人是任

何事情都往負面思考的灰暗性格的話，恐怕疾病也會接踵而來吧！

的確，隨著年紀增長，大多數人的人生觀會變得灰暗，因為認為老了之後不會有什麼好事，所以總是想著不好的事情。

但是，如果真想要長壽的話，不猶豫不決是很重要的。

此外，雖然在前一節有說過「只是積極主義也是不行的」，「不勉強」也是很重要的。太過於勉強的人還是容易猝死。

在這層意義上，對於腦力，體力與氣力等等，必須要事先了解自己的極限在哪裡。「在不過度勉強的範圍內進行控制」，這也是人生的智慧。

再者，「不發怒」也很重要。這跟老是動不動就生氣的人壽命會減短的道理是一樣的。一旦發怒，體內就會累積非常強的毒素，總是在生氣的人，此人的神經系統或內臟系統就會受到損傷。

這樣看來，在現有的人生當中，在不勉強的範圍之內，想著「活出自己的人生」，正面且好好地活出自己的人生是很重要的。

譬如，不應為了矯飾自己進而過於勉強，也不應太過於悲觀。總是想著過去的挫折或心酸的人，是難以長壽的。

對於很討厭的事情，就應乾脆地將其遺忘。人會隨著年紀的增長慢慢地變得健忘，這也是該慶幸的事。就某方面來說，正是因為能夠遺忘，所以才能繼續活下去。活得越長，就會累積越多的失敗，如果那些失敗經驗都完全記得的話，就很難活得下去吧！所以能夠遺忘是件可慶的事。

特別是，越是一直在挑戰新事物的人就越是容易遺忘。總是在著手進行新事物的話，就會忘記先前的事情。這正是一件好事。另一方面，不對新的事物挑戰的人，就會執著於老舊的事物，很難遺忘。

因此，要挑戰新的事物，讓自己忙起來，進而忘卻老舊事物或討厭的事物是很重要的。我想，如果有著過去討厭的事情，那麼挑戰新事物進而忘卻不喜歡的事情是最好的方式。

▪為避免壓力而下的功夫

特別是，這位宇野千代的作家還說過「為了能夠長壽，還必須為了避免壓力而下一些功夫」。也就是說「壓力的產生是源自於對自己週遭的人有過多的期待，如果對週遭的人不要有太多期待的話，就不會產生壓力」。

既然是九十八歲之人的說法，應該就真是如此吧！

她曾說過「譬如『家人或手足很無情』、『公司的同事很冷漠』、『以前有來往的人，最近都沒來拜訪』、『兒子都不送錢來』等等，雖然有各樣的情況，但是一旦考慮太多，那些就會變成壓力，也就很難長壽」。

的確，為了不要產生壓力，「不要對週遭的人有著各種期待」、「不要對週遭的人過度期待」是很重要的。

總而言之，對週遭的人不要過度期待，在「我要活出自己，一直乾脆、開朗地活下去」的狀態下「自行發電」，自己暖暖地發出亮光來。這種人的幸福是最難以拿走奪去的。

並且，若是那樣子的光輝並非是因為被旁人稱讚而產生，而是從自己內在所產生的話，那就是真的光輝。所以，不要太在意別人的目光，每天自己創造出能讓自己覺得「活得很開心」的事情，是很重要的。太在意別人的目光就會勉強自己，自己的失敗或者挫折經驗就會被放大。

也不可因為事不順心而發怒。不要對於週遭的人太過於期待能提供各種幫助，在自己的能力範圍內，自己照亮自己的道路，力行貫徹樂天主義。

我首先描述了「活得樂天」的道理，這與單純的積極思考有些許不同，請理解到「樂天主義並不一定和積極主義或行動主義相同」。

方法論二　於心中描繪健康的樣貌

能夠長壽的第二個方法論即是，「強烈地相信並描繪自己能長久地健康的樣子」。

在心中不斷反覆描繪的事情，最後就會成就。人就是這個樣子。

人是靈魂宿於肉體當中的生物，肉體充其量是心的表現形態。也就是說心的展現，心中所想的「形體」會顯露於外。

世間當中，從外觀來看，有些人顯露出來的是豐盈的氣質，也有些人外顯的是寒酸的氛圍。除此之外，還有顯露出神經質感覺的人、寬容氣質的人等等，有著各種形形色色的人。不管是哪一種類型，肉體都是心的表現形態，此人心的狀態會藉由肉體的形態而表現出來。

雖然人們也很常討論「要如何又如何地保養身

體」，但是首先心的意象會顯露於外表，性格也是心的表現。所以終究還是心會決定自己的人生。

因此，首先必須要抱持著堅定的心的願景。

譬如，不能過於描繪自己會早逝，此外抱持著晚年不幸的意象，或反覆地「預言」自己會過著那般的晚年也是不好的。這樣子的描繪，是會真的招來不幸的。

盡可能地不斷反覆描繪「自己能得幸福的長壽」的樣貌是很重要的。

最後若能進入信仰的世界，抱持著全都託付給佛神的心情，是最理想的。杞人憂天或是對於過去念念不忘的人，是難以獲得長壽的。

還是要相信「只要對世間還有著助益，佛神就會讓我活於世間」。藉由向佛神祈禱，相信會獲得幸福的晚年，並且加以描繪是很重要的。

若是能進行描繪，那般樣貌終將實現。雖然須花些時間才慢慢地會有變化，但那樣貌終究會實現。

如果總是拼命地想著「晚年自己會遭逢悲慘的事」、「自己會被家人、親友棄之不顧」等等狀況，就會真的漸漸地變成孤獨老人。不應該這樣，要強烈地、不斷地描繪自己「過著幸福晚年」的樣貌，這是很重要的。一有空閒，就要反覆描繪。

反覆描繪的景象必定會實現。若是那景象是結論，朝著那般結論，自己就會漸漸地出現變化，並且能散發出能吸引幸福晚年的波動。各位必須要認識到這個「相信的力量」、「想像的力量」。

這跟第一項的樂天主義也有所關聯，強烈地描繪更加美好未來的人，就會吸引幸福的未來。另一方面，總是想著破滅未來的人，也容易變成自己所想像的樣子。

和心的波長不一樣的事物，終究不會被吸引過來，過得光明開朗，不好的事物就會遠去。即便有不好的事物靠近，但因為波長不同，短時間之內就會遠離。

強烈地抱持著開朗的想法還是比較好。

方法論三　不怠惰於鍛鍊身體

第三個我想舉出的是「不怠惰於鍛鍊身體」。

這也是長壽的人們所說的。「努力必定會有所回報」，即使上了年紀，不怠惰於保養身體、維持體態的人就不會變失智，也不用臥病在床進而能得長壽。

踏實地努力，就會得相應的結果、成果。

即便活得長久，但卻只能躺臥病榻，這樣是很痛苦的。能夠有朝氣且健康還是最理想的。

在醫學上，有一說法是「人的體力從個人的巔峰時期之後，大概每年以二個百分比的比例往下掉」。這樣一來會變成怎麼樣呢？雖然不知道以下簡單的計算是否能夠成立，但以「二個百分比X五十年＝百分之一百」這樣來思考的話，一個人的巔峰時期之後過了約五十年，大概就會變成零了。

譬如，假設二十歲是顛峰之人的話就是七十歲左右、三十歲是顛峰之人的話是八十歲左右就會變成零，也就是說就會死亡。

但是，每天為了預防老化而運動，確實地對身體補強訓練的話，就不會每年下降兩個百分比，據說只會下降約零點五個百分比。

這麼一來，在剛剛的算式中，雖然是說「在七十歲到八十歲的期間，體力會變成零」，體力的下降方式如果可以停止在零點五個百分比的話，就可以游刃有餘地活到一百歲。

總而言之，年紀增長之後，要增強體力是有困難的，但是要抑制體力下降的趨勢則是有可能的，這部分是有科學根據的。

如果是這樣的話，不經常且仔細地鍛鍊身體，終究還是自己的損失。雖說不可以過度勉強，但經常地思考如何才能維持體力還是比較好。

對此，我在經驗上能充分理解。譬如，有很多上了年紀但腳步仍很矯健的人，當我在公園等地散步的時候，會不斷地被追趕過去（收錄此次法話之時）。他們每天都在持續地走路，想必雙腿很是強健吧！有很多人的腳力是難以匹敵的，即使是到了七十歲、八十歲，能不斷地超越年輕人的長者還大有人在。

即使年紀增長，只要多加鍛鍊，雙腳就會相對地變得強壯。相反地，即使年輕但不進行鍛鍊的人，雙腳就會變得遲鈍。

當然，整體的體力還是年輕人會比較好。只是，經過鍛鍊之後的體力，即使年歲增長，還是可以持續維持。

總歸一句，即便原本是在七十歲左右就要告終的肉體人生，如果能抑制體力下降，是有可能將壽命延至一百歲左右。以科學的角度來思考也是如此。

長壽的人，都在個別進行適合自己的運動，其共通點，最終似乎都會回歸到「走路」。也就是說，最好的運動就是走路。

年紀增長後，會從雙腳開始漸漸變弱。並且，因為雙腳跟頭部也有關聯，藉由運動雙腳，能讓大腦活性化，進而就不會失智。所以在這層意義上，走路是非常重要的。

如果想著要做某種運動，那麼就會漸漸變得窒礙難行，可以一起運動的朋友或許也會慢慢不見，但若只是走路的話，那麼一個人也可以進行。

因此，最終就是「走路」。散步什麼的都可以，但結論還是會回歸到「走路」。

認真走路的人是不太會變老的。

方法論四　經常學習新的事物

第四個我想論述的是「藉由經常學習新的事物，讓大腦活性化」。

根據某位醫生所寫的書，內容提到「人類到六十歲之前所使用到的大腦大約是整體的三分之一，剩下的三分之二還是處女地，完全沒有被碰觸到」。

這樣說來，即便是六十歲以後，也還有眾多可能性。總而言之，即便年齡增長，要學習新的事物還是有可能的。沒有那種上了年紀就沒有辦法的狀況，若是進行鍛鍊，大腦的機能還是會繼續提升的。

但是為了能夠達到那般境界，從年輕時期就必須要做好準備。

超過六十歲之後，突然要使用腦力，那是不太可能的事。但若是從年輕時期就使用腦力，在退休之後，此人的知性生活才有可能變得充實。

年輕的時候不想用腦的人，即使上了年紀也無法突然地可以使用。只有在年輕的時候就進行準備，當時間變得充裕的時候，知性生活才會漸漸變得更為充實。

因此，到退休之前的這段時間裡，為了能進行年老之後的知性生活，需要事先做好準備。

首先，為了確保上了年紀之後還能有一定的經濟水平、生活水準，儲蓄等等應該要先準備好。擁有不至於造成生活困難的經濟餘力是很重要的。

其次，從年輕的時候就要一點一點地做好能度過知性生活的訓練。從「年老了之後，想要學習這樣的事情」的想法之中訂定目標，提早一點一點地進行準備是很重要的。

對此，我想介紹一位叫做禪學大師鈴木大拙的例子。

這位大師年過九十五，在快到九十六歲的幾個月前過世了，據說他過世時，藏書大約有六萬本左右。他的自宅位於神奈川縣的鎌倉，走廊的兩側邊上書本堆積到天花板的高度，必須要通過那條書本的隧道才走得到自己的房間。有那麼多的藏書，我想他的學習也是無止盡的吧！

鈴木大拙超過九十歲之後，開始英譯親鸞聖人所著的《教行信證》一書，我想這件事可以做為他即便上了年紀也沒有失智的理由吧！

據說他是躺在棉被當中進行翻譯的。似乎因為「如果書寫由左到右的文字，躺著寫會比較輕鬆。若是從上寫到下的話就沒有辦法寫，但從左寫到右就很好寫」的原因，以及「躺著寫的話，頭部的血液循環比較好。坐在椅子上的話血液會往下走，躺著時血液循環比較好」的理由，所以他當時是橫躺著進行英文翻譯的。

這就是他過了九十歲之後所進行的工作，我真是感覺到大腦的機能，還真是不太會衰退啊！

此外，他不只是學習而已，還會鍛鍊雙腳。他每天來回行走於寺院裡的石徑，每來回一次就會放一個小石頭，陸續放到五個、六個。他每天自己決定今天大約要走多少路，然後就這麼的一路走下去。

這樣看來，「走路」跟「學習」能讓人年齡增長也不會失智，頭腦跟身體都能保持元氣，可以說是為了能度過知性生活的基礎。

正因為還有人過了九十歲，還能英文翻譯那樣的思想書籍，所以大腦並非是那麼容易就失智的。各位要知道即便是過了六十歲，自己的能力還是有可能開發的。

只不過，為了能達到那樣的狀態，在到達那般年紀之前，必須先有著知性準備，或者是養成學習事物的習慣。退休之後，即使一時興起，如果過去就沒有學習的動力，也沒有那樣的習慣，是難以開發自己的能力的。

所以還是必須要養成習慣。一邊思考將來有了自由的時間要做些什麼，一方面還需要養成學習的習慣。

方法論五　以成為為他人所需要之人為目標

能夠活得長壽的方法論，到目前為止已列舉了第一點「樂天的生活」、第二點「強烈描繪並相信自己長久健康的模樣」，第三點「不怠惰於鍛鍊身體」，第四點「藉由學習新的事物，讓大腦活性化」。

而第五點我想說的是「不依附他人生存，以成為為他人所需要之人為目標」；這一點稍微比較困難。

一旦上了年紀，身體機能下降的話，常常會變成他人的負擔，需要他人幫忙的狀況會變多。當事人或許會認為這樣的狀況也是不得已的，身邊年輕一輩的人或許也是這樣想的。

但是有很多人超過真正需要的範圍，進而依賴他人生存。這樣的人就正是因為杞人憂天，或者是對於過去念念不忘，因此「想要那個、想要這個」、「想要你做那個、想要你做這個」的想法非常強烈。

的確，一旦上了年紀，對於未來的希望或者是自信會變少，所以就容易出現那樣的想法，但是如果太過於直接地對他人要求，反而別人會離你遠去。不可思議的是，越是想從別人那邊獲得什麼，人們越是會遠離而去。

若是想要度過精彩的老年生活，就必須要抱持著獨立自主的氣概。最好是抱持著「年老後的人生，由自己一個人守護」這樣的氣概，做好年老後的準備。

事實上，你越是能這樣想，與週遭人們的關係就會開始變好。越是有著獨立自主的氣概，自己的年老生活由自己守護，不靠他人之手，盡可能由自己一個人來做，經濟上也提早準備好，「老年生活可以充分地自給自足」的氣氛越是濃厚，人際關係反倒是會變好的。

因為人不會想要跟抱持著「若有什麼事，就『完全依靠』某人」的想法的人來往，跟這樣的人盡量保持距離也是人之常情。

另一方面，如果某個人讓人覺得「那個人自己的生活好像能自己照料，又常鍛鍊身體，頭腦也清楚，哪一天如果蒙上天寵召，也打算迅速地回到來世一樣」，那麼不管是跟年長同輩或者是年輕後輩，交往起來就比較輕鬆。

然而，若是這個人讓人感覺「一旦和那個人交往，最後好像會變成死神緊緊地跟著，如果是這樣的話，就太糟糕了」，當然旁人就會紛紛逃避遠離。

所以，如果能想著「不要依存於他人，自己的年老生活由自己負責，想辦法生存下去！盡可能地有著不要造成他人困擾的生活方式」，與他人之間的往來就不會發生問題，這點很重要。

此外，不僅是「不要依存於他人」，還必須要成為為他人所需要之人，要以此為目標。

被討厭的老人，一般都不為他人所需要，而是處於依附於他人生存的狀態，但這個是變相的「奪愛」。

「於社會上不被需要，也不被家人所需要，但是仍依附於他人而生存，講著『照顧我』、『幫忙我』」，這種狀態就是在奪愛。

不管是誰，在這種狀況下持續被剝奪了十年、二十年、三十年的愛，元氣就會消失殆盡。

因此，一方面抱持著「年老後的人生，由自己守護」的氣概，同時成為為世間所需之人，這是很重要的。

為此，要抱持著某些生存意義，或者去做有意義的事。不管是自己的興趣，或者是其他的事物也可以。

但是，我認為宗教活動是最為重要的。如果有從事宗教活動的話，即便年齡增長，也容易能維持人際關係，又能建立人際網路，交友範圍會變得更為寬廣。

有能說話的對象是非常好的事情，並且那並非是講一些沒有建設性內容的朋友，而是如果有能夠一起積極參與傳道活動的朋友，那就太好了。能夠確實感受到「自己對於世間有所助益」是很重要的。

再重述一次，不要依附於他人而活，反而是要變成為世間所需要之人。

可以的話，希望能以變成「人生經驗」圖書館的老人為目標。週遭的人傳述著「那個人活了幾十年人生，好像經歷過各種各樣的事情，儼然是智慧的寶庫、經驗的寶庫。向那個人請教的話，應能教導我我很多事情」，應該要以成為如此被仰賴的老人為目標。

若是能變成像是人生經驗的圖書館、智慧的圖書館一般的長者，不論到什麼時候都是會變成被需要之人。

不要老是發牢騷，藉由不斷「鍛鍊身體」、「鍛練頭腦」，以成為為被他人所需要之人為目標，持續努力下去是很重要的。

3 相信「未來是光明的」

至今我論述了為了能夠長壽的共通方法，但是最後我仍要說的是「維持自信」以及「相信」的重要。

這是指要對自己的人生抱持自信，對自己要有自信的意思。「自己是對世間能有所助益之人，我對世間有著助益，今後亦能有所助益」對此要抱持著自信。

此外，還要相信「未來是光明的」，要相信光明的未來。

不論活到了幾歲，都還有著許多應該學習的事。即是到了八十歲、九十歲，甚至到了一百歲，也都還有要學習的事物，也都還有很多能回饋世間的事。

譬如，可以教導人們「要如何才能夠樂天地過生活」等等長壽的秘訣。

一旦上了年紀，通常都會變得悲觀。如果能不變得悲觀，反而能夠變得樂天的話，或許光是這樣就可以算是「人間國寶」了吧！並且，教導他人「為了能變得樂觀，需要何種努力」也是相當重要的。

在五十歲之前，有很多人變成悲觀主義者。對於這樣子的人來說，看到那些即使已經八十歲、九十歲、一百歲的人依舊耀眼的身影，將會是一種很好的激勵。

在這層意義上，教導他人「要靠自己照亮自己的人生」是很重要的事。

以上即是「如何能活得長壽」的要點。

再重申一次，要活得長久的話，「不猶豫不絕、不勉強，不發怒」是很重要的。由衷希望各位能夠好好實踐。

第二章

生涯現役人生

1 「思考方法」具有巨大的力量

自身的「心態」決定人生的走向

至今我對於從小孩子到一百歲這非常寬廣的世代的問題，以及各種領域的問題等等，進行了全方位的說法，但今後我認為我必須更進一步地針對不同需求、不同世代，個別進行說法才行。畢竟，每個世代所追求的事物應該是有所不同的。

譬如，本會經常進行著探索人類靈魂起源的「外星人靈性解讀」，這樣子的主題，會聚集很多年輕的一輩，但像是本章的主題，應該主要就是以年長一輩為主要對象。即便是小朋友會對「外星人」感興趣，但是對「生涯現役人生」這樣的主題，應該不太會有任何反應。

就像這樣，我認為隨著聽眾的不同，內容也應該有所改變。

本章的主題是「生涯現役人生」，這是一個蠻有難度的主題。

若是各位讀者看了本書而獲得了一些功德的話，那可真的是「賺到了」。特別是第一次讀我的書的讀者，如果能建構出「生涯現役人生」的話，那可真的是「難以取代的功德」。

只不過，一旦論述那樣的內容，就會對我自己產生一些「反作用力」，確實是難以進行說法的主題。

如果有人跟我說「話說回來，您自己本身是如何呢？也請您在生涯現役中努力」，我就會突然感覺到像是背負了債務一般的沉重感，所以這類主題對於論述的一方與閱讀的一方，都會感到相對的辛苦。

但是，從以前就認識我的人，不會覺得我每年都好像有所回春嗎？現在的我知性力量與體力，即便跟自己三十歲左右的時候相比也是不會輸的。人能回春二十年左右，不是一件難事。我希望各位能知道這個秘密。

事實上，決定「人生」或「人的命運」，與其說是能力，還不是說是此人如何掌控己心、態度、心態。心態決定了每個人的人生。

據說「人本身的心態造就了此人的人生」，其實是二十世紀最大的發現之一。在心理學當中，這是以威廉詹姆士為中心的學者們所發現的事實。並且，在美國有眾多人士實踐了這個想法。

總之，對於人來說，最重要的事莫過於「心態」。如何掌控己心，決定了此人的人生，並且其心態也決定了此人的前進方向。

好比拿列車做例子，列車不是往前就是往後，如此思考或許很單純，而人生就好像是一部汽車，可以往各種方向前進。此時決定自己去向的，其實就是自己的心態。

僅僅是年輕時的成功、失敗，並不能決定人生

我自己是在累積眾多經驗的過程中，變得能夠相信如此說法，我並非是在年輕的時候就相信。因為受到了升學考試等影響，「人類是依據能力高低而決定人生」當時我被如此想法給洗腦了。

年輕人為了考試的分數或偏差值的一分、兩分，拼了命地競爭，因為些微的分數差異，就決定能否考進這所學校。

因此，二十歲前後的人會輕易地定義人生當中的成

功與失敗。「進到特定學校的人，一生就會成功，進不去那學校的人，一生就無法成功」、「有一流大學、二流大學、三流大學，根據大學的不同，決定了往後的出路」，年輕人很容易就會有如此想法。

但是，後來我漸漸地了解到，那並非是如此。我發現到「人的思考方式具有著強大力量」，是我覺醒於宗教之後的事。

根據自己要抱持著何種心態，即會迸發出為了建構自身人生的能量，並且亦能出現吸引拉近他人進而給予影響的巨大力量。

這般道理，在為了升學考試的學習當中，是絕對無法學習到的。只有實際體驗過的人才能確信這是真理。

2 「心念」必定會實現

案例一 創立幸福科學總本山四精舍

關於「人的思考方法有著巨大的力量」，我想以幸福科學的發展為例子來進行說明。

二〇一〇年我前往幸福科學的總本山正心館說法的

時候，新幹線抵達到宇都宮車站，下了車之後，有個電子廣告突然映入我的眼底。那是一個介紹正心館及那須精舍等精舍，名為「幸福科學總本山」的看板。看到那個廣告，我不禁感慨「這可是距今十五年前的事啊！」

決定要在栃木建立幸福科學總本山，是一九九五年的事。實際上正心館（一九九六年落成），未來館（一九九七年）、日光精舍（一九九八年）、那須精舍（二〇〇四年）四個精舍接連落成，而現在於最靠近精舍的車站，掛上了廣告看板。

此外，那須精舍的腹地有三十萬坪，其中的三萬坪也建立了幸福科學學園那須本校。

就像這樣，在我決定「在此地建立總本山」之後的十五年，已經發展到了這樣的階段。由我自己提起也有點不好意思，但我感覺到心念真的是會實現的啊！

然而，當初對於我的提案，沒有一個人贊成。每一個人的意見都是「不需要跑到那麼遠的地方，不是也可以嗎？要遠離都會區是很辛苦的，請蓋在稍微近一點的地方」，所以在一開始的提案是非常孤獨的。

一九九五年當時，幸福科學的總合本部是位於東京都內精華地段的「紀尾井町大樓」當中，那個時候還以

「房屋租金是日本第一高」為傲。

然而，儘管房屋租金是日本第一高的，但那也僅是跟別人租來的地方，再怎麼執著於那樣的事務所，最後也不會變成自己的地方。

此外，在大樓當中還有其他的公司，做為宗教的空間來說並不怎麼自由。如果不是自己的空間，要祈願或祈禱、修行，都沒有辦法自由地進行，所以設在辦公室的空間還是有其困難。

因此，我毅然捨棄大多數的職員所執著的日本第一昂貴最高級大樓的事務所，而選擇了海拔一百公尺以上的地方。如果蓋在這樣子高度上，不管出現了怎樣的海嘯也不會淹沒過去，所以我決定在這樣的地方建立永世留存的總本山。

雖然有很多宗教在富士山那一邊建立了本山，所幸在栃木這一邊幾乎沒有宗教建立本山，因此如果是在這邊的場地，本會可以建造相當大的建築，進而就實際蓋在這個地方。

這就是所謂「心念會實現」的實例之一。

案例二　五年內建立了全國兩百處支部精舍

此外，決定要在全日本兩百個地方建立自有的幸福科學支部，也不過就在數年前的二〇〇五年，我一宣言「建造支部精舍吧！」，很不可思議地，到了二〇一〇年，就真的在全日本兩百個地方建立了支部精舍（現今全日本的支部、據點共計有五百多處，布教所約有一萬多處）。

案例三　在全日本、全世界建立正心館等精舍

附帶一提，幸福科學研修設施的正心館等等精舍，雖然現在是建立在全日本、全世界各地（截至二〇一二

年現在，全日本有二十四處，海外則有三處），但一開始僅是興建於比較風光明媚的地方。

當時認為平日致力於宗教活動的信眾們出門旅行時，如果是住宿於景色優美的飯店休息養生的話，把那機會用在宗教修行會更好，進而在全日本靠近觀光景點的附近建立了正心館。

雖然當時是希望在信眾們想要旅行之時，讓人們能去那些地方進行修行，進而建立了那般鄉鎮型的正心館，並且出現了一定的效果，但在教團逐漸擴大的過程中，必須進入下一個階段，也就是要開始興建都會型的正心館。

心念真的是會逐漸實現。幸福科學學園的例子也是一樣，一旦我決定「建造在那須精舍的境內」，就真的完成了。

當然，在實現的過程中，會發生各種各樣的困難狀況，但首先若能確立了「要去做」的心念，最後就會逐步實現。

案例四　建立幸福科學大學

預計二〇一五年時，幸福科學大學即將開學（編注：現今二〇一七年已有第二屆學生就學），打從還在

構想事業計畫的階段，我們就在千葉縣取得了十萬坪的土地。我們是百分之百胸有成竹地要興建大學，甚至還有著「先把建築物蓋起來後再去申請也無妨」的念頭，既然本會宣言「要創立大學」，就會排除萬難，絕對要加以完成。

因此，我認為「首先要有心念」，並且我確信「現實會後續跟上」。

確立人生志向，踏實地向前邁進

關於「心態的重要」，我藉由幾個容易理解的例子進行了說明，其實這是可以應用在任何事情上的。

舉例來說，不論是經營公司或者是規劃自己的人生，藉由確立心態，道路就會為之展開。

不管是誰應該都曾想過自己人生的志向，但大部分自己就會馬上否定其可能性，認為「那是不可能的事」，或者是思考「辦不到的理由」。

也就是說，很多脆弱之人會回顧自己過去的人生，列舉出自己的成長經歷、失敗經驗、自卑感，或者是「持續不景氣的環境」等等，想出一堆「辦不到的理由」。

這般脆弱的自己，想藉由列舉出這些「辦不到的理由」進而來保護自己。為了避免自己會遭遇到失敗的悲慘狀況，預先列舉出「辦不到的理由」或「會失敗的理由」，藉著不去挑戰，進而讓自己不會遭受傷害。

應該任何人都有過這樣的經驗吧！這就是非常普通之人。大多數的人會馬上就會列出「辦不到的理由」，並且如果理由用完了，最後就會把「健康問題」當做藉口。譬如，把體力、年齡、生病等等當作藉口。

但是，藉口終究也只是藉口。

如果自己的志向是為了世間、是為了能對他人有所助益的話，踏實地往前一步、兩步是一件好事。佛神亦會為此高興鼓掌，所以不應該羅列一堆理由。

3 效法生涯現役之人 伊能忠敬

從五十六歲開始到七十二歲，步行測量日本全國的伊能忠敬

關於做為「第二個人生」的人生態度，我想舉出名為伊能忠敬這號人物。當時伊能忠敬步行日本全國進行

國土測量，進而畫出了日本地圖（大日本沿海輿地全圖），進而家喻戶曉。

伊能忠敬開始從事測量工作，是從他虛歲五十一歲的時候開始學習的。為了進行這個工作，必須要學習數學、測量術，天文學等等。因此，他是跟比自己年輕的老師學習的。

當時，是平均壽命大約四十歲左右的年代。也就是說，在那樣的年代中，伊能忠敬在五十一歲的時候，跟隨比自己年紀小的老師當入門弟子，學習天文學、測量術及數學計算等等。對此，週遭人們感到非常地吃驚。

而伊能忠敬開始正式測量全日本國土，是五十六歲的時候。這個年紀也正好是幸福科學「活到百歲俱樂部」（以滿五十五歲以上的信眾為對象的組織）的起始點。他在五十六歲時開始量測，直到七十二歲將近二十年的期間，他走遍日本各地每一角落，畫出了日本地圖。

他當時是完全藉由步行進行測量，到底他是用什麼樣的方式測出距離的呢？事實上，他藉由自己的步數來進行距離計算的，這可是讓人感到吃驚。

令人感到意外的是，據說只用捲尺這樣的工具，是無法正確測量距離的。因為道路凹凸不平、山路的傾斜等等，有各種各樣的凹凸地形，用器具是無法測量的。

但是，只要用自己的步幅長度，再實際計算自己走了幾步，就可以得出距離。就像這樣，先得出距離，接下來藉由三角測量，就能算出寬度。

即便面臨「三個凶兆」，也不動搖信念

伊能忠敬在步行日本全國進行測量的過程中，遭遇到眾多的困難。

譬如，他在測量的途中，經歷過大約五次的生病。

特別是在測量日本山陰地區的時候，生了一場幾乎要送

命的大病。但是，他並未將此當做藉口，仍舊完成了自己的志向。在平均壽命只有四十歲的時代，他從五十六歲開始進行測量，並且完成製作日本地圖的工作，實在是一件很了不起的事。

此外，他在決定要「行腳全國」的時候，據說發生了三件「凶兆」。或許那是後世人們誇張捏造出來的流言或傳說，但具體來說是以下的內容。

第一個是，「伊能忠敬在出發之前，築巢在自家樑上燕子的雛鳥掉下來摔死了」。

看到這樣的景象，他的親人們都說「燕子的雛鳥摔死了是件很罕見的事，這是凶兆，這一定是代表不能出發的意思」，進而想要阻止伊能忠敬出發。

但是，他說道「雛鳥掉下來是很常有的事，那只是偶然掉下來而已」，進而無視於那樣的說法。

其次，「當伊能忠敬要出門的時候，草鞋的繩子應聲而斷」，這是第二個凶兆。

「這應該又是神明在指示『不能去』的意思，所以還是放棄比較好」親族們如此說著，要阻止伊能忠敬。

但是，他不在意地說「草鞋又不是鐵做的，繩子斷掉是理所當然的。繩子斷掉了的話，換上新的就可以了」，然後就出發了。

最後，第三個是「伊能忠敬離開家之後，老家的酒桶破裂了」。他的老家是在經營造酒的，而酒桶突然破裂了。如果是木製酒桶，據說因為膨脹而導致竹箍掉落，是十分罕見的事。

因此，親人們就追上去並阻止他說「這一定就是上天叫你『不要去』的意思，所以絕對不能去。」

然而，伊能忠敬還是說「酒桶破裂不是偶爾就會發生的嗎？」進而繼續往前走。

就像這樣，光是聽到「他不理會三個凶兆，繼而出發」，或許會讓人覺得他好像是不相信迷信之說的唯物論者，但是據說實際上他本身是有著篤實信仰之人，所以我想那應該是後世人們誇張創造的流言。但我認為那是想要讓後人更能明白，伊能忠敬所遂行的工作是有相當的難度。

人本來是可以活到「一百二十歲」

在人生平均壽命只有四十歲的時代，大概百分之九十九的人會認為「在五十六歲時，出發去做全國國土測量，不僅僅是脫離常軌，幾乎可以斷言會在途中死去」。並且，親人們會加以阻止也是理所當然的，所以會那樣子的相傳也不會讓人感到奇怪。

但是，那真的是很了不起的事。現今，日本人平均壽命，男性為七十九點四歲，女性為八十五點九歲，平均大概是八十三歲左右。

伊能忠敬是在五十一歲時開始學習，是當時平均壽命四十歲的十一年後，以現代來說，等於是在九十四歲時開始學習天文學和測量，在五年後的九十九歲出發進行全國量測，一直到接近一百二十歲時完成了日本地圖。若換成是現代，就應能了解其困難度。

如果從九十四歲開始學習，九十九歲出發進行全國測量，一般來說途中「倒死路邊」也不無可能。不論是誰，都會想要跟此人說剛剛提到的「三個凶兆」。然而，實際上真的有人完成了如此志向。

並且，閱讀他的傳記，伊能忠敬從小身體好像就很虛弱，因此週遭的人就說「你從小身體就是虛弱，容易生病，這樣柔弱的身體是沒有辦法做測量工作的」，試圖說服他放棄行腳全國。就像這樣，實際上他真的是體弱多病，但這樣的人卻完成了日本最初的國土大地圖。

這對於上了年紀的人來說，是不容忽視的真實故事。也就是說，人並不會因為年齡而失去能力，也不會變得無法行動。

如果將他的工作換算成現代的年齡的話，就會是「在一百歲開始工作，一百二十歲時完成」。這是相當艱難的事情，如果是這樣的話，「活到百歲俱樂部」的名字應該是需要改成「活到一百二十歲俱樂部」吧！

從生物學的角度來看，人類的構造本來就是可以活到一百二十歲，但一般在那之前就會因為「個人因素」而過世。就像剛剛所說的，因為自己出現「自己也沒有工作又生病，又造成他人麻煩，必須得早一點死掉」的負面思考，進而有很多人「急著死去」。

因此，必須要找出上了年紀之後亦能熱衷於其中的事物。換言之，就是要能夠對於某些事物投入、熱衷才行。

此外，對於新的事物抱持關心的態度也是很重要的。

當然，時代不斷地改變，即便說要對年輕一輩所做的事情抱持關心，也不太可能做到，並且也不需要跟年輕人做一樣的事情。

然而，在自己至今的人生當中，應該有眾多曾經感興趣，但最後卻沒有嘗試的事情。因此，如果有過去想過但卻沒有去做的事，對此進行挑戰也無妨。

練習算數問題或練習寫字對「預防失智」很有效果

先前有提到伊能忠敬是在上了年紀之後才開始學習，據說為了預防上了年紀之後失智，可以去練習小學低年級的算數問題或者是練習寫字，似乎是有其效果的。

家母現在每天都在做加減乘除的算數問題，她很自傲地說「剛開始做四則運算的問題時，要解一百題就得花三十分鐘左右，現在則是四分鐘就可以解完」。

附帶一提，我曾看過那些問題，但我沒有自信能在四分鐘內解題完成，所以我沒有主動說「我也來解題看看」。

若是最後變成「高學歷的兒子無法在四分鐘內解題」的話就太丟臉了，所以如果要挑戰的話，好像要稍微先練習過之後會比較好。

託算術練習的福，現在家母的頭腦非常清晰。她在五、六十歲的時候一度有輕微失智狀況，但是從七十歲左右開始，頭腦又再開始變好，現在則是非常清晰。所以只要加以訓練，頭腦的運作也會恢復的。

此外，既然一樣是要學習，不要只是為了預防失智而練習，若是練習的事物能夠對旁人有所助益的話，那就更好不過了。

如果要羅列出「辦不到的理由」，藉口便會堆積如山，但如果想著「就去做吧！」，前方道路就會為之打開。

第二章
生涯現役人生

4 如何活出「生涯現役」的人生

以「健康善終」的「生涯現役人生」為目標

根據某種試算統計，如果能將日本國民失智的年齡延後一年的話，國家即將節省大約一千五百億日幣。

若僅是將失智的年齡延後一年就會有這樣的效果的

話，如果再努力一點延後更多年，或許即能有一兆日幣的貢獻。

十幾二十年都是處於失智的狀態，這不僅會麻煩到週遭人們，還必須使用額外的國家經費、稅金。

現今，年輕人對於年輕世代人口一直減少，今後的三十年間，老年人口持續增加的狀況感到十分恐懼。他們對於「能否繳納得出稅金」、「國家會不會破產」感到非常擔心。

關於這個問題，政治家或許也會有其他的想法，但做為本會的思想，基本上是希望人們「首先，先想想看

『自己能做的是什麼』」。

那麼，以這樣的基本思想來思考時，首先能做的是什麼呢？

其一，我認為要以「生涯現役人生」為目標。盡可能地保持頭腦清晰，並且維持健康的身體，不要造成週遭人們的麻煩，以「生涯現役」的方式生活。

可能的話，能夠從事「有收入的工作」是再好不過的了。

一定要以「一直到臨終之前，還能夠從事有某些收入的工作，而不會造成週遭人們的麻煩，最後還能善終」為年老後的理想。

如果是這樣的人生態度，就完全不會有被年輕一輩抱怨的理由。

如果能夠對他們說「不要跟我說『用稅金來扶養老人，年輕人會崩潰』、『國家會倒閉』的話，我可是有著充分幹勁要工作到一百歲」，若以如此人生態度為志向的話，身體必然就會常保健康。

再者，如果開始進行為了讓自己身體健康的鍛鍊，或者是不讓腦袋失智的訓練，會變成什麼樣的情形呢？

如果看到身體健康並且經常吸收新事物進而前進的

人，就會出現願意運用他的人。此人前方的路就會打開，他人會前來詢問「能否請你來發揮力量」。

世間就是如此運作的。

不過，能夠持續從事有收入的工作當然是最理想的，但如果是沒有收入的志工工作，若能夠不造成週遭人們困擾而活著，也是非常了不起的事。

如果各位能貫徹「生涯現役」，並且「健康善終」的話，現今預測的未來財政赤字幾乎就會消失。

能夠說出這樣的事，除了幸福實現黨以外應該就沒有了吧！

「本黨是以不造成週遭人們困擾的『健康善終的生涯現役人生』為目標，所以對於將來無須擔憂』，能夠說出如此話語的大概就只有幸福實現黨，我們想要以打造這樣的世間為目標。

為了能持續從事有收入的工作，必須要有「技術、知識、經驗」

跟過去相比，人的壽命變長了。但是，若是壽命的延長不是一件好事話，那即是很悲哀的事。

在「五十五歲退休」的時代，有很多人大概在六十

歲左右就過世。也因為這樣，人們的年金只會領到退休大約五年之後，所以過去沒有像現在年金制度的問題。

一旦變成了退休後還可以活個幾十年的時代，就會衍生出「誰來支付持續增加的年金」的問題，所以這是一個讓人感到頭痛的問題。

因此，等待週遭人們幫忙打造環境或許也是一個選項，但是也不能一直枯等下去，讓別人費心勞神也不是件好事，基本上自己的道路必須自己開拓。

即使上了年紀，也應盡可能健康硬朗地活出自己的人生，並且對於世間也能持續有所助益。可能的話，亦可從事伴隨收入的工作。為了能從事獲得收入的工作，就必須習得某些技術或知識，此外擁有專業的經驗也很重要。

看到先前伊能忠敬的例子，就能知道就算是五十歲以後的人，若是以某些嶄新事物為志向，亦能夠開展出一條道路。

展現「生涯現役」之姿，亦能鼓舞年輕一輩

或許因人而異，每個人的才能會展現在不同領域，然而藉由各位以「生涯現役」為目標，開拓前方之路，

如此之姿能夠讓後進的人們變得更有活力。

首先，必須要從負面想法中解脫出來。

年輕一輩老是被恫嚇說，不論自己怎麼努力地工作，「最終還是會變成『一個年輕人』必須要扶養『一個老年人』的結構」，便會認為「實在是非常吃力」，進而變得沒有動力。這也就是意味著變成「百分之五十稅率」的社會。若是這樣的話，就沒有辛勤勞動的意義了。

因此，如果是很有錢的人是另當別論，但若是從事一般的工作，假使百分之五十稅率的世界終將到來的話，應該就難以激起動力。

所以，各位要戒斷到那樣的藉口。從根本上乾乾淨淨地斷掉，並且一定要能反駁說「老一輩的人也都還在努力呢！你們年輕人在抱怨什麼呢？給我好好努力地工作！不要把老人家當做自己不好好工作的藉口！」。

「既然未來會變成那樣，就不太想要工作，不如閒賦在家當啃老族」，講出這樣子的話，實在不是件好事。

另一方面，年長者也不應該說著「為了圓年輕人夢想」，進而去投保高額的壽險，那樣子的「禮物」，絕非是他人所想要的。即便拿到了那些金錢，對年輕人來說也不是件好事。

我還是想要強調，「人要勤勉於工作，並且對世間有所助益，謀得收入而過活是很重要的」。

脫離「國家完全照顧的社會」

現今（二〇一〇）的日本民主黨政權，想要將所有照顧工作都由國家來負責的傾向，整體上有社會主義的趨勢。當然，照顧一部份的人們，對於國家或者地方公益團體來說是必要的工作，但實際上國家是無法做到完全照護的。

那樣的國家已然成為「國家社會主義」，社會整體會變得貧窮，國民也會變得沒有幹勁。

此外，歐巴馬總統也有那種傾向，「茶黨運動（Tea Party movement）」等反對運動也就越演越烈。

這些人們所想的是「美國的傳統就是，拼命工作的人努力靠自己創造財產。規劃人生努力過活的人，在老了之後能夠過著豐盈安心的生活，這才能稱得上是好的國家。反之，怠惰不工作的人在老了之後，理所當然地必定是過著不安的生活。但如果要國家來完全照顧這樣的人，就必須要從勤奮工作的人身上收取高額的稅金，撒錢進行照顧。那樣子使用稅金的方式是令人無法接受的」。

現今美國全國流行著「茶黨運動」，目的是為了阻止歐巴馬連任。我認為美國人真的有其了不起的地方，因為他們確實明白「自由的本質」。

有很多美國人認為「靠自己辛苦工作為將來做準備的人，能夠擁有安心的未來是一件好事，但『不論努力與否，結果都是相同』的政策，會讓人變得沉淪、讓國民變得沒有鬥志，進而導致國家衰退」。

我真的感覺到，真不愧美國是自由主義的原產地，美國人還沒有放棄自由主義。

日本還沒有進步到那樣的程度，對於「國家照顧」一事，很多人就容易認為「這樣子不就輕鬆了嗎？」很多人嚮往於「像北歐那樣，藉著負擔百分之五十的消費稅率，換來安心晚年」，但那樣子的話，國家是不會有所發展的。

再次挑戰過去曾有興趣或關心的事物吧！

為了讓年輕一輩能走上勤勉之路，在「活到百歲俱樂部」當中，我想推薦實踐現代版的「伊能忠敬型人生」。

當然，可以挑戰測量以外的事物。如果所有的人都開始測量國土的話，那可就麻煩了，那個工作不需要那麼多人投入。

回顧過往人生，自己的才能其實就在於過去曾經有興趣或關心的事物當中。

在過去曾經有過興趣、關心的事物中，應該有些事物是因為從事別的工作進而放棄了，或者是沒有去做。本來還想要再多所學習，卻沒有辦法做到，進而無法充分實現。

譬如，「其實是喜歡畫畫，但因為做了其他工作而無法再畫」、「其實是很喜歡音樂，但卻捨棄了那條路」、「其實是想要寫小說，但被週遭的人說服『靠寫小說無法維生』，因而直到退休都是上班族」等等，我想有著各種各樣的狀況。

然而，在人生中，沒有所謂「為時已晚」的事。即便是從現在開始，也是可以再重新出發。

我自己比起三、四十歲的時候，可以確定的是，現在的我還能遂行更多的工作。那是因為跟往昔相比，

「心的力量」變強了，此外也是因為對這二十幾年來的成績有了自信。

因此，過去寫不出來的內容，現在就寫得出來了。譬如「國師大川隆法，無所畏懼地提出警告」（參照《處於危機中的日本》〔幸福科學出版〕）這樣的內容，也可以很平靜堅定地寫出來。這就是「歲月的功勞」與「經驗的力量」。如果是在二、三十歲年輕時候寫的話，應該會被批評為「在寫什麼東西啊！」，但是現在我可以平心靜氣、暢所欲言地寫著「國師大川隆法，無所畏懼地……」。我認為這是累積實際成績後所展現出來的成果。

現今，在同業之中，我知道沒有人能做到像我一樣的工作，不僅在日本沒有，在國外也沒有。我有自信「在這作家這一行當中，我現在是立於世界的頂端」，所以才能夠那樣子斷言。

我想，在閱讀本書的各位讀者之中，有很多是相當於我的前輩之人士，但是我並不會因此而膽怯。我在三十歲初次說法的時候，就已經有八十八歲的弟子，也教導過比我年長五十歲以上的人，所以絕對不會感到畏縮。因為有收過遠比自己的父母還要年邁，相當於自己祖父母年代的人做為弟子，所以不論年齡相差多少歲，也不會介意，並且率直的對他們講述教義。

我希望抱持這樣的心境，往後亦能和各位一起努力下去。

第三章

生涯現役應具備的條件

1

只要用心，前方之路便會展開

年輕人逐漸崛起的幸福科學

本章以「生涯現役應具備的條件」為主題進行論述。

幸福科學當中，有一個「活到百歲俱樂部」，是一個以五十五歲以上的信眾為對象的組織，最近，我也過了五十五歲，終於有了成為「活到百歲俱樂部」的「講師」資格。

其實從以前開始，我就想要多對「活到百歲俱樂部」進行說法，但又想可能會被說「總裁還沒達到『活到百歲俱樂部』的入會條件」，所以就稍微克制了一點。終於我也能夠正式就任為「活到百歲俱樂部」的「講師」，感到非常高興。

現今在幸福科學，年輕一輩逐漸崛起，我的孩子們也開始對本會學生部或青年部的信徒進行講演，我想年輕的信徒層，應該也會漸漸地被他們「攻下」吧！

因此，我只能將說法對象的年代往上提升。最後，我想最後我會和「活到百歲俱樂部」的信眾們，一直努力到回到來世之前。

至今雖然有點克制，但今後我會增加對於「活到百歲俱樂部」的法話。

此外，「活到百歲俱樂部」的成員，足以讓幸福科學不會變成「兒童社團」，其使命可謂非常重大。換言之，所謂「年長一輩的信眾們，確實地存在於教團當中」，這成為了教團對於社會的信用，也成為了年輕一輩的激勵目標。

因此，今後我也想繼續鑽研，與各位一同成長。

活出戰略性的人生，讓「能力」持續向上提升

然而，我比過去變得更加年輕，所以我無法忍受五十五歲就要被迫退休，我還能夠繼續工作。時代正在改變，必須得更努力加把勁才行。

為此，活出戰略性的人生是很重要的。「任憑自然變遷，只能等待腐朽」的人生態度是不行的。

公司的退休年齡是被他人決定的，所以一旦到了退休年齡，公司就會對你說「你可以不用工作了」。因此，各位就必須要先建立起自衛手段才行。若是能研究出得以長久地對世間有益的生活方式，必且不懈怠地尋找對策，應該就開啟很多條道路。

如果只是任憑自然變遷，能力就會隨著年齡降低，但是只要重新鍛鍊，能力就又會提升起來。重要的是每個人的用心程度。

因此，我在本章當中會對於各個論點進行總括說明。而今後，我將針對各個論點累積講述法話，希望各位能盡可能地長壽，以便能習得那些內容。

第三章
生涯現役應具備的條件

2 如何維持健康？

以「活得硬朗健康」為目標

做為「生涯現役應具備的條件」，首先最為重要的還是健康。

一旦失去健康，不管擁有什麼都是沒有用的。不管是地位、聲望、金錢、漂亮的老婆、優秀的孩子，如果健康出了狀況，就無法辦法再思考其他事情了。

因此，首先就是一定要注重健康。

說到「注重健康」，乍聽之下或許會有很唯物論的感覺。的確，「活於世間」有其唯物的一面，但在某種意義上，個人的健康也反映了自己的精神態度。

從世間的角度來看，懈怠於對健康的注意仍是一種疏忽，所以還是得將健康放在第一。

並且，必須要以「活得硬朗健康」為目標。對於年輕人說要「過得硬朗健康」，有很多人聽不懂這是什麼意思，但是過了五十五歲，應該不會沒有人不明白這是指什麼。

即便是上了年紀，希望各位還是能夠很硬朗。直到臨死之前，都是身體硬朗、步伐輕快、頭腦清晰，還能夠從事工作，並且還能夠教導年輕人，若能維持如此狀態就再好不過了。

為此，重要的是在心中描繪出這般理想樣貌。五十五歲的年齡，並非是「已經進入老人境界」，而是到達了必須要描繪那般理想狀態的起始點。為了年老以後也能健康硬朗地生活，必須要先做好心理準備。

退休之後，急遽老化的原因

退休年齡會依公司而有所不同，有很多公司是訂定六十歲為退休年齡。若還是任職於公司是還好，但有很多人一旦退休之後，任憑自然變化，不到一年就急遽老化很多。

因為一旦退休就不用通勤，身體也就開始退化，也變得不用太使用頭腦，進而會急遽地衰退，所以一定得小心留意才行。

舉例來說，家父以前還在工作的時候，體重一直都保持在五十二公斤左右，身型清瘦，但是退休之後，一年內就突然胖到六十四公斤了。

由此可知，通勤還是會消耗不少熱量。或許不僅僅是通勤，在工作的時候也會消耗熱量，每天往返於職場就變成了某種運動。

因為家父一年內就胖了十公斤以上，呼吸就變得急促，他還曾說過自己「無法發出聲音」。生活型態的急遽轉變，對身體來說是件難以適應的事，如果沒有事前訂定對策的話，就會變成像我父親那樣。

「意志與習慣的力量」是保持健康的基本

首先，努力保持健康是很重要的。

維持健康的基本，或許各位會感到意外，其實就是「意志與習慣的力量」。那是因為健康是透過世間的構造所形成的。

一旦上了年紀，就害怕有個萬一，所以必須留意不可做太劇烈的運動。對高齡人士來說，跌倒等事故最是危險。

跌倒而導致骨折或扭傷，就會好幾個月無法動彈，更別是說是運動了。因此有很多人因為跌倒而急遽老化，所以要盡可能地避免事故或受傷。

高齡人士必須盡可能地養成做和緩而不勉強的運動習慣。

正所謂持續即是力量，如果養成運動的習慣，不僅是可以防止身體的衰退，亦可能幫助回春。

我在年輕的時候，對此有所經歷。

就像我在第一章所述，三十歲的時候，我經常出門散步，到公園走走，有多次被六十歲左右的人士追趕過去的經驗。他們步行的速度比我還快，果然自己比不上那些每天從早上就開始步行的人士。他們健步如飛地走去，我感覺自己「完全比不上」。

那時候的我，體重比現在還重，一邊急促地呼吸著，一邊像海狗一樣走著，然而對方則是步履輕快的揚長而去。

當時我沿著公園池塘周邊的步道開始走，與對向走過來的人最初是在池塘正中央左右的位置擦身而過，但是每繞了一圈再次交會的時候，交會的位置就會漸漸改變了，這代表我的速度被追趕了過去。

因此，我意會到「他們的步行速度比我快很多」，我記得當時我感到很羞愧，明明年齡上我比較年輕，但他們的腳步卻比我敏捷快速許多。

藉由步行訓練下半身的肌肉

因為人首先會從腳開始退化，所以藉由步行來加強身體的基礎力量是很重要的。特別是下半身的肌肉量比上半身來得多，所以藉由鍛鍊下半身的肌肉，可以提高基礎代謝，能量的消耗也會增加不少。

總而言之，因為動到下半身的運動可以燃燒脂肪，消耗大量的卡路里，能夠預防罹患「代謝症候群」。

基本上，為了防止罹患代謝症候群，從下半身著手會比較好的。當然，上半身也有肌肉，但是與下半身相比較，大概只有數分之一而已，所以請多重視會用到雙腳的運動。

代謝症候群型的肥胖，容易變成更年期或中年以後各種疾病的肇因，為了避免發生如此症候群，藉由步行運動增加下半身肌肉是很重要的。

一直以來我隨身都戴著計步器，到了旅行的地方也不忘配戴，每天記錄著步數。並且，如果某一天步數超過一萬步的話，就會像是小朋友的玩樂之心一樣，在那個日期欄位畫上紅線。

另一方面，因為一旦工作，步數就會有減少的傾向，那是挺令人感到難過的事。工作少的時候，步數會增加，一旦開始工作，步數就會減少，這實在讓我感到可惜。

為了達成日行萬步的小努力

不管怎麼說，計步器是必須的。一般上班族一天的走路步數大概是七千步左右。往返公司通勤的人，如果是從家中走到車站搭電車前往公司，之後從事業務或者事務工作的人，一天的走路步數大概是六、七千步左右。

此外，家庭主婦一天的走路步數，平均大約也是七千步左右。當然，前提是會在家中來回走動、外出採買購物等等，家庭主婦一天的步數大概是七千步左右。

雖然最理想的是一天一萬步，但是大部分的狀況都少了約三千步左右。

三千步也並非是那麼多的步數，以距離來說，大約是一點八到二公里不到的距離，這是稍微努力一下就可以走到的步數。也就是說，一天之中，想辦法擠出三十分鐘左右的走路時間就可以了。並且，這也不用一次走上三十分鐘，即便是分段走路，效果也是一樣的。

不管是實際走路，或者使用跑步機來走路，過去有一說提到「如果不持續走路二十分鐘以上，不會有效果」，但最近的研究結果顯示，即便把時間區分開，效果也會一樣。

也就是說，如果一天可以挪出三十分鐘以上步行時間，把那三十分鐘分成三次，即使一次步行十分鐘，或者分成六次，一次步行五分鐘也是可以的。

如果家裡是有庭院的話，在庭院中繞著走五分鐘左右也可以。或者，如果家中有著大廳房，繞著大廳房走路也是可以的。即便只是這樣，也可以累積出足夠的步數。

藉由繞行書庫取代散步，以累積步數

而我則是託弟子們之福，他們說「為了讓總裁可以生涯現役地工作」，所以從很早之前就幫我設計好了，我住所的一半做成了圖書館。若是書籍也有人權的話，我現在可是住在有著高度「書權」的建築物之中。

那個書庫就像一般的圖書館一樣，有著開架式的書櫃，光是在那個書庫當中繞行一圈，就要花十分鐘的時間。

這還只是指連接著我的辦公室的書庫而已。雖然在別的樓層也還有其它的書庫，但光是沿著這個跟辦公室連接的書庫的牆壁走，也有六百公尺左右，這樣大約就有一千步左右。

因此，繞行書庫一周，就可以增加一千步，就像先前講過的，如果還需要三千步的話，只要繞行書庫三次就可以了。

至今我寫了很多的書籍，以作者的身分在校正原稿的時候，一直到中餐之前的上午時間，我通常能完成三本書籍的稿子校正。

然而，要校正那麼多的稿子就會肩膀痠痛，所以我會以繞行書庫以取代散步。校正完第一本稿子，就花十分鐘之一圈書庫，再回到辦公室。第二本稿子校正完之後，就再花十分鐘繞一圈。最後，在校正完了第三本之後，就再花十分鐘再繞一圈。

如此一來，大概就能走兩公里左右了。

夏天在室外走上兩公里，就會流很多的汗，但是如果是在室內的話，幾乎都不會流汗。所以若是想累積走路步數的話，也還有那般做法。

就像這樣下點功夫，漸漸地步數就會增加。當然，若是沒有適當場所的人，在房間當中亦可放一台跑步機。

在健康檢查時，脈博數升不上來，進而讓醫生頭痛的插曲

前些陣子，我在醫院進行了健康檢查。其中有一個是「在運動的時候，觀察血壓跟脈博如何變化」的檢查。我全身被貼上了很多的電極，之後被叫上去類似室內跑步機的機器上面走路。

那可真是一台折騰人的機器，一開始僅是一般的步行，到了第一階段，坡度就砰地一聲向上提升，速度也加快了。再進一步還有第二階段、第三階段，漸漸地角度和速度就往上加，並且要一直走到脈博數達到一百四十左右為止。

但是，因為我的脈搏一直達不到一百四十，被迫得要不斷地一直走，真的是敗給它了。

以我的年齡來說，進行相當激烈的運動，心跳才會跳到一百四十下以上，普通的走路是很難達到一百四十下的。

所以，他們升高機器的坡度，要我快步走的，但是即便如此，脈搏還是很難達到一百四十下。

結果醫生們開始認真了起來，要我在上升到第三階段的坡度下，以時速六公里的速度，走了十分鐘左右。結果終於脈膊才上升到了一百四十二下，進而才

能結束。

因為我平常就常常在走路，這般程度的負荷根本沒有任何影響。雖然我不以為意地問道「這樣就結束了嗎？」，但是之後醫生告知「心跳上升速度太慢，如果不能更快上升的話會有問題」。

換言之，醫生好像是在擔心我「是否工作過度了」。但是檢查的結果，讓我感覺到體力似乎提升蠻多的，這不是挺好的嗎？

醫生講的話不到三成的準度

附帶一提，因為醫生所說的話完全不準，對我來說，與其相信醫生說的話，我還比較想相信占卜師所說的。醫生所說的話幾乎全都不準，占卜師的話還稍微準一些。因為占卜師如果沒有說對個幾成的話，就沒有辦法開門做生意。雖然是希望有個五成的準度，但如果只算準了三成，應該也不能說是詐欺吧！但是，醫生所說的話卻是連三成準度都沒有，準確率是更低的。

在我的過去經驗，醫生所說的話，百分之百不準確。那或許是因為醫生並不知道「因果法則」。在「這樣下去的話，就會變成這樣的結果」的狀況下，如果能夠改變原因的話，結果可以是有很多變化的。

在我四十幾歲有一次生病的時候，當時醫生對我說「請像烏龜一樣慢慢地走」。但到了現在，醫生卻跟我說「不走到流汗的程度會有問題」。就像這樣，醫生是想說什麼就說什麼，所以不太能夠相信。

要去請教醫生，我想還不如去問占卜師還比較準確。但如果真要去找占卜師，到幸福科學來聽我所說的法話會更好，這樣對你會有絕佳的幫助。

努力持續進行和緩的運動

運動有著各個種類，只要從事適合自己的運動就可以了。不論是戶外的健走，或者是附近若有泳池的話，在泳池中走路也行，一般游泳池也可以。

如果能夠持續長時間在戶外走路，或者在泳池裡進行運動的話，血壓跟心跳一定會下降，會變成非常低的數值。

就像這樣，持續進行和緩的運動非常重要，請試著努力做看看。

健康還是最重要的，這是無法用金錢取代的。

在年長者當中，有很多人已經變成了藥罐子，但是如果能持續努力運動，想要漸漸地減量藥物，就不是不可能的事。

對於這話題如果說了太多，說不定會妨礙到醫院的營業。但是醫生一旦開了藥方，是不會想要取消的，所以會增加藥量，但卻不太會減量。然而，事實上減少藥量是可能。當檢查的數據有了很大的變化，藥量應該就要慢慢減少。

首先，維持健康是相當重要的。只是單純地「活著」是不行的，要「活得健康硬朗」才行。在心中想著「要以那般狀態為目標」，漸漸地就會變成那般樣貌。

請維持著一直到臨死之前，不論是頭腦或身體都非常清楚硬朗，並且能夠遂行工作的狀態。

以上即是對於維持健康的須知。

3 鍛練頭腦

在六十歲前後重讀「偉人傳記」，重新立志

做為「生涯現役應具備的條件」，第二重要的即是有關於能力的部分，也就是鍛鍊頭腦。

若是放著頭腦不管，就會漸漸忘記過去曾學習的事情，背誦過的東西也會從記憶中消失。所以必須要反覆

地「輸入」，經常地上緊發條。

為此，首先是閱讀「偉人傳記」。

在幸福科學當中，常常會提到偉人的故事。在十幾歲的年紀時，也就是開始懂事之後到進入高中之前，一定會讀過偉人傳記。

之後，一定要讀第二次的時間，大概是三十五歲到四十歲左右的時候。在這個時期，必須要再讀過一次偉人傳記，重新立志。

然後，必須再讀過第三次的時間是在六十歲前後，也就是大約臨屆退休年齡的時期。在這階段還必須再一次讀過偉人傳記。

如果在六十歲前後讀了第三次的偉人傳記，應該就是所謂的「老而學，則死而不朽」。這也就是說「即便死了也不至腐朽，持續綻放人生最後的光輝」。

就像這樣，在六十歲前後，還必須再重新讀過一次偉人傳記，若在此時沒有做這件事的人，往往就會失去志向。在被公司告知「已經沒有你的工作了」的時候，就會失去幹勁，自己把自己帶往下坡走。

為了不要變成那樣，在六十歲前後，要再一次重新讀過偉人傳記。

即便已經是七十歲或八十歲的人，也不會為時太晚。現在跟過去的壽命是不一樣的，之後會變怎麼樣還不知道。

如果是以活到一百歲為目標的話，不管是七十歲也好，八十歲也罷，時間也都還很充分。正因為人生還剩下很多時間，為了廣義的「立定志向」，我認為有必要再一次重新讀過偉人傳記。

我驗證了從五十歲時期開始也能提升英文能力

為了能將事物「輸入」到頭腦裡面，就必須要進行訓練。若是頭腦不加以訓練，就會出現衰退的傾向。

譬如，我最近非常努力地學習語言。我最初去海外傳道是二〇〇七年，那是是我五十一歲的時候，我感覺是我自己實際驗證了「即使是從五十歲時期開始學習英文，英文能力還是能有長足的進步」。

如果是在年輕時期學習英文，會使用英文是理所當然的事，但是一旦上了年紀，英文程度會一度變差。在三十幾歲到四十幾歲的時候，如果不加強努力，程度當然就會變差，進而漸漸忘記。一旦停止學習英文之後，過了二、三十年，就會變得沒有自信，甚至可能會低落到自己不安於「會不會連國中程度的英文都忘了啊！」。

幸福科學也有出版適合小學生的英文教材（《佛法真理補習班Success No. 1小學生英語教材（上、下）〔宗教法人幸福科學發行〕》，那是我跟我的長女（大川咲也加）的合著，其內容蘊藏著二十歲的年輕力量與感性。若是要重新學習英文，必須要從國中一年級程度開始學起，各位可以參考看看這部教材。

程度一度低落到連國中的英文習題都無法解題

讓我開始重新學習英文的契機，是我四十幾歲的時候，當時長女是私立國中二年級，她在上學期的期中段考的英文考試中，答錯了很多問題。

當時有給長女請了一位年輕的家庭教師，但是那位家庭教師看了考題之後，好像說了「我也不太清楚答案是什麼」。那是英文會話的填空題，那位家庭教師好像說道「我對英文會話沒有那麼拿手，所以不太清楚答案是什麼，這些問題去問你父親會比較好」。

結果我就說「交給我吧！不過就是英文會話的考題，一看到題目，我就會知道答案」。但是，看完了那些考題，我不禁冷汗直流。若僅是輕鬆地看過，我無法一下子就給出答案。

儘管我說過「以前我就學過英文，英文會話可是很流利的」，但是我不知道空格當中要填入什麼詞彙，我想著「國二程度的英文，我竟然會感覺這麼難，真的是太糟糕了」，臉色變得一整個鐵青。

這是大概七、八年前的事情，當時我想到「英文能力竟然退步到如此」，於是就發憤圖強，把五百頁左右的英文文法參考書反覆學習了三次。每天早餐之前，花十五分鐘的時間，把每章章末的習題也都確實解題，就這樣反覆了三次。

於是在那之後，看到了學校的考題，就能夠一下子給出答案。由我自己來說，或許會讓人感到有點奇怪，但是我當時想到的是「因果法則還真是確實運作著啊！」。認真地加以學習，其結果就是一下子就能知道題目的答案。

在長女的學校裡，當時有位剛從早稻田大學英文系畢業的女老師在教課，據說那位老師本身也是為了學習英文會話，跑去英文補習班學習英文會話。

我看到了那位老師修改了長女英文作文的答案之後，發現有修改遺漏的地方。我當時還強硬地說道「這裡和這裡寫錯了，這種一定要扣分的地方卻漏掉了，犯下這樣錯誤，做為老師來說算是失格了」等話語，開始展現了對於英文的權威。所以，事情還是要做了才知道結果。

讓醫生大感吃驚，從醫學上的死亡狀態中復活

此外，過去我曾經因為身體狀況崩潰而住院，當時已經是「從醫學上來看已死亡」的狀態，但是因為我是「不死之身」，所以又復活了過來。

當時的這件事，「人死而復生的事例」為題，以修

飾過的形式，以刊載於某一本醫學雜誌中。因為我的年齡、職業等等都被隱藏起來，是以匿名的方式刊載，所以讀者應該不會知道是我的事情，但是當醫生的人或許有可能在哪裡有讀過這篇報導。

所謂「醫學上已死亡」指的是「心臟停止跳動的狀態」。但就算是因為心臟沒有跳動而被判定死亡，但我卻仍在走路、吃飯，也就是說「屍體」在吃飯、說話。但如果要說是「醫學上已死亡」，確實也正是那樣的狀態也說不定。

醫生跟我說「你的心臟是處於沒有跳動的狀態」，因為醫生非常地吃驚，所以我不禁也嚇到「到底發生了什麼事」。

為了進行進一步檢查，直到檢查之前我都在醫院裡面走路。自己又不是殭屍，但突然被判斷已經死亡，任誰都會生氣吧！一直到剛剛為止都還在醫院裡走路接受檢查，但卻被醫生告知「你的心臟沒有收縮。你自己看看螢幕，沒有出現波狀吧！心臟已經停止，你已經死亡了」。

我雖然心想著「對活著的人說『你已死亡』，真是莫名其妙」，但是，基本上我已經變成了「屍體」。而儘管是「屍體」，因為我還住院、吃晚餐、注射點滴、睡在病床。我心裡想著「這真是詭異至極啊！」

當時的我水分攝取的有點過多，身體當中似乎是充滿了水，因此醫院試著讓我的身體排出多餘的水份。

這是所謂的「社長病」，是一種職業病。因為我必須在人前說法，所以會常常喝水，到總合本部出勤時，秘書也會倒茶水給我，所以水分的攝取量比一般人要多。

水份一旦過多的話，心臟就會變得肥大，心臟的收縮力會慢慢地變弱，但因為我曾是「即便心臟沒有收縮也可以活的人」，所以並未發覺那狀態。

因此，我曾一度「死亡」，而之後又「復活」了。

這跟我的過去世之一的歐西里斯的復活是相同的故事。（注：歐西里斯是六千數百年前生於希臘，當時成為了進入希臘支配圈的埃及的國王。當時他遭親人暗算殺害，而後因為妻子伊西絲的療癒力量而復活。參照《不滅之法》、《女神伊西絲的降臨》〔皆為幸福科學出版〕）。

之後，我讓身體排出多餘水分，也讓體重減少十公斤左右。此外，我還步行了三千公里左右，如此距離大概是從日本列島的一端步行到另一端的距離，進而重新鍛鍊身體。

人的能力只要「重上發條」，就會繼續提升

因為那一段保養身體的時間有點無聊，所以我利用了空檔重新學習英文。

就在重新學習英文文法之後，我也重新學習了英文作文與英文會話。不知不覺之間，我就開始向海外進行傳道。

年輕的時候，因為工作關係我去了紐約，但是當時自己還默默無名，所以沒有立場能在眾人面前進行講演。當然，工作的時後會用英文跟他人交談或者打電

話，但並非是能站在眾人面前講演的立場，所以留有些許「怨念」。

如果成為了社長，可以說自己「旅美二十年」，進而能用英文在眾人面前演講。因此，我也曾想過「自己也想試著用英文在眾人面前講演」，但是並沒有那樣的機會，之後就回到日本日文的世界。

然而，當我再次學習英文以後，漸漸地就變得能用英文進行說法。最近我用英文說法的內容，都可以直接出版成書。

這是即使是美國人也幾乎無法辦到的事。即使是美國總統，在演講的時候都還需要稿子，但是我演講的時候並不需要稿子，從某種意義上來說，我的英文能力超越了一部份的美國人。

在很短的幾年之間，我就達到了那樣的程度。

就像這樣，人的能力只要不斷地重上發條，就能夠再次提升。但是，若是過一陣子，能力就會往下走，所以必須要經常地重新立志，發奮努力才行。

特別是學習語言，據說對於預防失智非常有效，所以我建議可以進行學習。此外，已經稍微遠離職場的人，或許可以嘗試進行算數的練習。

努力持續保持對於新事物的興趣與關心

大學的教師在退休之後，很多人就不再出書了，這意味著「持續學習的困難度」。

在工作的期間，研究的對象大都固定在大學教課的領域裡面，完全沒有專業領域之外的知識庫存，若是沒有擴展研究領域的話，一旦從教職退休，學習也就在那時間點結束了。

也就是說，很多人在大學的工作結束之後，自己學習也就跟著停止了。

自己感到興趣或關心的範圍稍微廣泛一點的人，會持續閱讀書籍，所以退休之後即便過了十年，也還能夠寫作出書、舉辦座談會，或者上電視。那樣的人就是持續在學習之人。

但是，那樣的人並不多，說不定百人當中都還沒有一個。就算是大學教師，其比率也是變得這麼少，其他從事自由業的人，或許也有那麼一面。

舉例來說，作家等等，從年輕時期開始，或許就是過著與大學教師類似的生活，但是看到那些人所產出的作品，就可以知道此人是在玩樂還是在學習。

不論如何，經常對於新的事物持續保持興趣、關心，並且繼續對新領域的研究是很重要的。

以我來說，從我開始重新學習英文，我就對國際政治的問題等等感到興趣。就像這樣，隨著重新學習英文，我感到有興趣或關心範圍變得更為廣闊。

此外，跟學習英文一樣，從過去曾學習過的事物裡，重新找回已經遺忘的內容也是很好的。譬如，重新閱讀本國史或世界史等書籍。若是學習外國的歷史，就會變得想要學習本國的歷史。

我的學習方法是「粉刷油漆式」

現在我製作了很多本給幸福科學學園的學生或佛法真理補習班「Success No. 1」學生用的英文教材，但是因為還剩餘許多能力，所以我也開始著手學習古文，也在重新學習德文

然而，如果太急著學習德文的話，英文的發音可能就會變差，所以我想等英文的學習到了某個程度之後再開始比較好，所以德文的學習速度就先放緩了。

過去我在大學的通識課程當中，學了大概兩年的德文，到現在已經過了三十年了，入門程度的書籍已經讀了有十本左右。

我的學習方式並非從一開始就一鼓作氣地完成，而是一步步地「粉刷油漆」。慢慢地「粉刷」上去，等到能力累積到某個程度，再集中精力，連續不斷地學習。我一開始不會過於急躁，而一點一滴地慢慢漸進學習。

再者，因為我會巡錫很多國家，在海外巡錫說法的時候，就會事前買兩、三本該國家的語言入門書閱讀。那些基本上那些外語的學習都還沒有完成，但若是我重覆往返那些國家的話，最終那些外語的學習應該是會有所進展。現今是在對幾個國家的語言著手鋪網的時期。

如此這般學習外語，就會開始關心國際情勢、他國的政治或經濟問題等等的國際新聞。

就樣這樣，我是採取漸漸地擴展對相關事物的關心，再進一步深入探究的做法。經常對於新的事物抱持關心，頭腦就不會變老的。

聽聽年輕人講的話、研究他們的觀感，頭腦就不會變得遲緩

我曾跟幸福科學「活到百歲俱樂部」的成員說，「要和年輕人交朋友。結交年紀小你三十歲左右的朋友，聽聽他們所講的話」。就我來說，所謂年紀小三十歲的朋友，就會是二十幾歲的人，但是實際上，年紀更年輕的，大約小我四十歲左右的人們所說的話，我也會

去傾聽。

在我的孩子當中，也有比我小四十歲左右的，他們也常常對我提出很多意見。我覺得那很有趣，我會讓孩子們講各種各樣的意見，如果我認為說得正確，那麼我即會採納那些意見。

對年輕人來說，如果願意認同他們的話，他們就會不斷提出很多意見。並且，因為那些都可成為參考，所以即使是比我年輕三、四十歲，我也願意去傾聽他們的話，聽取他們的意見。

我會對年輕人提出建言，但年輕人所講的話我也會附和傾聽，如此一來頭腦就會變得遲緩。

去研究年輕人的觀感，終究還是發現和我自己有著很大的差距，要判斷何者才是正確，的確有其困難之處。然而，從趨勢來說，年長者會漸漸輸給年輕人，年輕人勝出的可能性還是比較高的。

我對「年輕人在想什麼，是如何判斷的」、「年輕人之間流行著何種事物」是很感興趣的，進而會予以聆聽。

4 如何度過天國般的晚年

享受於「將努力習慣化」

不管是關於身體的健康，或者關於學習，最終都要享受於「將努力習慣化」。每天每天一點一滴地持續努力下去，並將其視為是一種享受是很重要的。

舉例來說，現在我寫了很多「英文單字片語集」等書籍，光是英文相關的教材也已經出了將近五十本，並且這些是在兩年左右的時間完成的（直至二〇一二年十一月為止，英文相關教材的數量已超過一百本）。

並且，我的桌上還堆積著好幾本尚未付印的「英文單字片語集」的稿子。因為我每天機械式地工作，印刷進度趕不上我的速度，所以稿子很快就累積上去了。

英文教材的製作並非是我的本業，我只是趁每天的空檔作業，但即便是如此，還是不一會兒地就有所累積。

但是專業的英文學者或英文研究者，或者是補習班的老師，用兩年左右的時間，也無法寫出四十本或五十本的英文教材。

清楚地說，這就是工作能力的不同，若在進一步說，講到工作能力之前，就是此人是否具備著持續努力的習慣。我已經具備能持續努力的能力了。

就像這樣，如果能夠將努力習慣化，即使是上了年紀，也還是可以持續學習的。

將學習到的內容，
以某些形式表現出來

最初會需要相當大的意志力，但是也不能一直都靠意志力。我認為還是要將努力習慣化，並且產出一定的成果，或者是努力以某些形式將學習的內容表現出來。

不應只是個人的學習，只把內容累積在自己頭腦當中，必須要對外呈現出某種成果。

把自己的想法寫成一本書也可以，把意見投稿到雜誌或報紙等等也行，或者，在眾人面前講話的形式也沒關係。把學習到的東西對外發表，如此一來，外界就會對於那成果有所反應，進而就能讓自己的頭腦更加活性化。

若在眾人面前陳述意見，或許會被年輕人說道「那樣的想法有點老舊」等等的話語。雖然你會感到氣憤，覺得「哪裡老舊了?」，但那也會成為一種刺激，進而讓你變得更想學習新的事物了。

因此，不要過於自大，對於年輕人的事物保持關心，並也擁有自己的核心思想是很重要的。

當然，或許年輕人的頭腦比較好，但是年長者能夠贏過年輕人的就是「持續努力下去的習慣的力量」。年長者因為長年從事工作，多半都已具備持續努力的力量了。

如果將上述的內容做個整理，結論就是「樹立大的生涯目標，並且予以達成是很重要的。為了達成目標，就必須要鍛鍊身體跟頭腦兩方面」。

抱持著快活之心，看待事物良善的一面

此外，持續抱持著快活之心是很重要的。人生總是有各種各樣的狀況，請持續努力抱持著快活之心。

抱持著開朗明亮的心情，盡可能地去看事物美好的一面非常重要，若是對此能夠做到，應該就能夠安享天

國般的晚年。經常抱怨的人，會被親人、朋友、同事、孩子、年輕人等所討厭。

因此，要盡可能地去看別人的長處、優點或良善的一面，抱持著快活之心努力。這就是讓你不陷入孤獨，進而能與人們更為深交的訣竅。

宗教是「為了要返回天國的實學」

最後附加說明一點，那即是「宗教正是人生集大成的學問」。

所謂的宗教，實際上就是綜合的學問。宗教並非「虛學」，而是人回到來世時的「實學」。不先把宗教學好的話，要前往來世的時候是會有所損失的，宗教就是如此意義的「實學」。

做為晚年的綜合學問的宗教，不管對於何種職業的人、做何種學問的人都一樣，皆是為了能順利通過天國「入學考試」所需要的。

我已多次講述過，宗教是前往來世時不可或缺的，所以「不把宗教學好是一種損失」。

並且，幸福科學「活到百歲俱樂部」成員的使命，就是讓後輩們信服「宗教實在是非常重要」。

這樣的話，由年紀較長的人來說，是會比較有說服力的。如果自己對於宗教也不怎麼瞭解，也就無法讓對方信服。以同學之間對話當中的詞彙來說明，也還是有很多難以傳達的地方。

因此，我認為年長者所肩負的使命非常重大。

在本章當中，我對於「生涯現役應具備的條件」進行了總體的論述，但願能成為各位讀者的參考。

後記

人生要有目標。

要努力完成自己的使命。

每天持續努力，即便是細小之事，積累的效果也會成為偉大的成就。

「積小為大」並非是二宮尊德的專利。若只拘泥於基因論或生物學的年齡論，在某種意義上就已經輸給了唯物論或宿命論了。

被他人取笑又何妨，一定要貫徹信念，以成為「無極限人類」為目標！

幸福科學集團創始者兼總裁　大川隆法

What' s Being

生涯現役人生：幸福活到100歲

作　　者：大川隆法
譯　　者：王為之
總 編 輯：許汝紘
美術編輯：陳芷柔
編　　輯：黃淑芬
發　　行：許麗雪
總　　監：黃可家
出　　版：信實文化行銷有限公司
地　　址：台北市松山區南京東路5段64號8樓之1
電　　話：（02）2749-1282
傳　　真：（02）3393-0564
網　　站：www.cultuspeak.com
讀者信箱：service@cultuspeak.com
劃撥帳號：50040687 信實文化行銷有限公司

印　　刷：威鯨科技有限公司

總 經 銷：聯合發行股份有限公司
地　　址：新北市新店區寶橋路235巷6弄6號2樓
電　　話：（02）2917-8022

香港總經銷：聯合出版有限公司
地　　址：香港北角英皇道75-83號聯合出版大廈26樓
電　　話：（852）2503-2111

國家圖書館出版品預行編目（CIP）資料

生涯現役人生：幸福活到100歲 / 大川隆法作；王為之譯. -- 初版. -- 臺北市：九韵文化；信實文化行銷, 2017.03

面；　公分. -- (What's Being)

譯自：生涯現役人生

ISBN 978-986-94383-2-2(平裝)

1.生涯規劃 2.生活指導

192.1　　　　106001316

若想進一步了解本書作者大川隆法其他著作、法話等，請與「幸福科學」聯絡。
地址：台北市松山區敦化北路155巷89號
電話：02-2719-9377　電郵：taiwan@happy-science.org
FB：https://www.facebook.com/happysciencetaipei/

2017年3月 初版
定價：新台幣300元

張愛玲說：「蒼涼是一種啓示，

悲壯是一種完成。」（見《流言》）

張愛玲寫的是一種啓示，

所以是未完的……

萬卷文庫 220

張愛玲未完

——解讀張愛玲的作品

水晶 著

目錄

寫在《張愛玲未完》前面

張愛玲女士逝世後，兩岸三邊（這第三邊應指美國、香港、南洋等邊）都有人寫文章紀念她；換言之，她引起的騷響，就古今一名文人而言，是敢誇空前的。

我忝爲張迷，又常被公認爲張愛玲女士的法定「崇她社」的代言人，義不容辭，也寫了幾篇文章來紀念她。

其實，認眞說來，我跟張女士無甚私交可言；如有，也只能借用杜詩〈秋興八首〉中的一句來形容，那是「信宿漁人還汎汎」。我跟張女士的交情，遠不能跟宋淇先生比，近也不能與替她辦理後事的建築家林式同先生相提並論。

有一點，是我敢大言不慚，遠勝過這兩位張愛玲「知己」的：我對於張女士作品的親切了解，滾瓜爛熟，又似乎無人可以匹敵了。

了解，沒甚麼了不起！是凡張迷都可以說上一段——重要的是要作出系統性的分析與解讀！

這工作，我以前作過一次，那是在四分之一世紀以前，那時我尚是一名三十來歲的年輕人。二十五年後，她過世了，我已是年逾耳順的老人，我又把她的作品重新解讀一遍。要是對她的作品缺乏持續的新鮮的興趣，我相信即令江淹再世，也寫不出妙筆生花的文章來！

四分之一世紀前的筆墨成果，取名《張愛玲的小說藝術》；如今她新近逝世後寫的，比較不那麼拘謹了，是開放型的，名喚《張愛玲未完》。

二十五年前，我尚是一名牙牙學語的文批墾荒者，「言必稱堯舜」，行文中忍不住要發揮一點書卷氣，甚麼神話、象徵、佛洛伊德、性的狂想、戀物癖、自然主義……亂引一氣，其實是心虛的反證。而今呢？不必徵引這些陳腔套語，也能有話即長，那是多年的心得累積，決非拚湊得來的成績——這一點是可以差堪告慰讀者的。

有一點非常愧對讀者的，是我原本想寫一本淺近的「導讀」，讓初次識見張愛玲的讀者也可以靠着這本書，一目了然讀懂張愛玲的作品。結果，可能是事「倍」功「半」——恰恰把「事半功倍」這句四個字的成語顛倒了過來。這要嗔怪我所受的教育——拿過博士學位的人就是只會掉書袋，毫無辦法！

有幾篇《傳奇》中的名作我重寫了一遍，像〈金鎖記〉、〈傾城之戀〉、〈沉香屑——第一爐香〉、〈桂花蒸 阿小悲秋〉、〈紅玫瑰與白玫瑰〉、〈留情〉等篇，我都增加了篇幅，換了幾個角度來寫。像〈金鎖記〉，我偏重於電影映象藝術的探討。〈傾城之戀〉是張愛玲破天荒的「派樂地」Parody的喜劇書寫(Comical Discourse)，這在中國小說的文類Genre中是僅見的，值得大書特書。二十五年前，我只指出〈傾城之戀〉的神話結構，未暇指出這一點——可能也弄不清楚「派樂地」到底爲何物？這一次總算弄撐了，可以暢論一番了；年紀畢竟不是白活的！還有〈阿小悲秋〉故事前面的一節兒歌，張愛玲假托是她的錫蘭朋友炎櫻所撰，似與全文無關，其實息息相關，也被我「解讀」出來了，值得向讀者嘮叨一番。〈紅玫瑰與白玫瑰〉中的慾情酵發，從隱隱的一張吮吸的小嘴，擴大爲「雨的大白嘴唇」，最後成爲佟振保的終生大礙，是張愛玲畫龍點睛的神來之筆，也在二十五年後，被我耐心地「捕捉」到了。(這也是張愛玲自己說的，一篇文章，她往往要醞釀上二十年才寫得出來，信哉斯言！)

又像是〈留情〉的唐詩境界，〈等〉中的詩意筆觸，在《張愛玲的小說藝術》中都不曾論列。而二十五年前，我有點強詞奪理地把〈爐香〉與亨利·詹姆斯的《仕女圖》相比。二十五年後，我在大學裡剛開過《仕女圖》，這才發現兩篇作品不能（也無法）相比。詹姆斯對於婚姻的先天悲劇觀照，與張愛玲獨特的Unique「性愛觀照」——女性在戀愛中除了被動，又是一名主動的捐軀者，實在水火不能相容，而我居然拿來強行比照！也難怪張女士閱讀了這篇比較文字的怪論後，要寫信向夏志清先生抗議：她從來沒有讀過亨利·詹姆斯！不讀也罷！

而這次，我花了較長的篇幅，討論了〈爐香〉中薇龍與喬琪喬的關係，也是替將來張愛玲與胡蘭成——甚至於賴雅的愛恨情仇，作出了「預告」。藝術該是模倣人生的，那該是美的。倒過來呢？是美呢，還是不美？還是如王爾德所言：「人生的秘密就是受苦」。讀者替我想個答案吧！所以我把解讀〈第一爐香〉的題目取名〈昔日戲言身後事〉，悲夫！（這篇小說，想必在張女士生前也不便發表，因爲太傷她的心了！）

另一篇可能傷她心的文章是〈秧歌的好與壞〉，這篇她生前甚受讚譽的小說，其實寫得甚爲失敗，而在諸名家的大力吹捧下，的確產生了衆口鑠金的作用，現在我洗清了《秧歌》的眞面目，把「凱撒的還給凱撒，上帝的歸給上帝」。

《紅樓夢魘》序文中，張愛玲提到一位美國女讀者，說她看了《秧歌》後，有一個感受：「怎麼這些人都跟我們一樣？」張愛玲說，她聽了一楞，又說：「秧歌裡的人物的確跟美國人或任何人都沒甚麼不同，不是王龍阿蘭洗衣作老闆或是哲學家」。

我認爲張愛玲沒有完全聽懂這位女讀者的話。女讀者的確道出了她在美國用英文寫作不成功的癥結，但不是張想像的那一種。女讀者可能是說，《秧歌》中的農民太像小資產階級的人物了，所以這樣問她，是表示她的困惑。

張在聽到別人提起她心愛的《秧歌》時，太過情緒化，反應過度，產生了這樣的誤會，也可以說是「聰明一世、糊塗一時」了。

另外，像《對照記》，像〈花凋〉，像《半生緣》，我都已經討論過了，前兩篇收在我的散文集《說涼》中，第三篇收在另一散文集《對不起，借過一下！》中，兩書都由三民書局出版。因爲剛寫過，不想再寫，也不想拿來放在新書中，這是要向有興趣一讀張愛玲全集的讀者提醒一下的。

《張愛玲未完——解讀張愛玲的作品》很湊巧地，也很有緣份地，再次由大地出版社出版。讀者有興趣可以把《張愛玲的小說藝術》也買來，兩書比較一讀，便可以分曉，我到底長進了多少？還是，很可悲地，反而不進則退了。

書成的時候，讓我再一次謝謝大地出版社的主持人老朋友姚宜瑛女士。

另外一位女士我應當順筆道謝的，是中華日報副刊主編應平書小姐，是她提供了大量篇幅，刊登了書中絕大多數的文章。除了〈張愛玲現象，在大陸〉、〈秧歌的好與壞〉兩文，其他的文章，都是在華副刊登的。要找到刊登這樣冗長文章的報紙副刊，今天很難了。

書的封面，蒙書法家董陽孜女士慨允題字（在中華日報連載時，總題就是她題的，這次出書，她又再題了一次），在此附筆致謝。

殺風景

——張愛玲巧扮「死神」

前言：

張愛玲女士仙遊去了，從此天人兩絕，再也讀不到她的精湛的文字了——即或是像鳳毛麟角一丁點兒甚麼的。

她故後，我立刻在篋笥中，翻出這篇寫於去年十二月的舊作來，那時她剛剛獲得時報的文學特別成就獎，我寫出這篇直言談相的「咒她死」的文章，自然不爲媒體界所喜，因此爲我深鎖在我書桌的抽屜內。九月七日，張女士的噩耗在洛杉磯傳出後，全球各地（包括大陸）的藝文界立即引起了極大的震盪，有如交響樂雄壯的音樂浪潮（見木心所寫的文章）；而聽到她的壞消息時，我立刻不寒而慄想到這篇預報訃聞的小文，心中眞是五味雜陳，一枝禿筆難以形容。

現在我用顫抖的雙手，將這篇小文寄給華副，不過想虔誠的證明：人與人之間的感應，特別是渺小的我與超絕的才女張愛玲，有時候可以完全是非理性、超自然的。但是，令人很遺憾的，預言往往是事後才應證出來；事先當事人往往蒙在鼓裡，渾然不覺，「相對如夢寐」，這是凡人的局限，也是凡人的悲哀。

我曾經寫過一本《張愛玲的小說藝術》，那是二十多年前的事了。夏志清先生在她逝世後非常肯定的說：「凡是中國人都應該讀張愛玲。」現在連上海的文匯報也將出專輯來紀念她的成就了。作爲一個後死者，我想把她的作品，無論中短長篇，也包括散文，好好的再寫一遍——換個方式寫，不是爲熟讀過張愛玲作品的「學者」寫，而是為一般對張愛玲有興趣，但是感到陌生的讀者寫。換句話說，我即將寫出的是一本有張愛玲作品的「導讀」，這樣，想讀張愛玲又覺得躊躇猶疑的讀者，可以稍稍得到一點「指引」與幫助。我個人認為——至少在目前——這是紀念張愛玲、肯定她一生文學成就的最佳方式。

張愛玲女士獲得今年時報文學特別獎，忝為張迷，自然替她額外高興：皇天不負苦心人，這一天終算等到了。次日，時報「藝文生活」版，特別刊出她為這次得獎而拍攝的「卷首玉照」（套她自己在《流言》裡的說法），這張玉照卻使愛慕她的讀者大惑不解。我看了半天，終於揣摹出一點她的心意來。

先看玉照：張女士穿了一件羊毛質地醬紫近乎黑色的長袖毛衣，大挖領

（當年胡適去紐約探望她時，她也穿了一件大挖領襯衣），領口袖口鑲一道白邊。黑毛衣印有一朵朵放大的雪花圖案。若是年輕，大挖領後面大概不會再穿甚麼；這次她添了一件蔴質背心。通身一無插戴；像她在《對照記》裡強調的一點：素樸原是她的本質。

她沒有戴太陽眼鏡，因爲不是電影明星——她最欣賞的嘉寶，就頂愛戴墨鏡；也不是政治上的名人，像戴安娜王妃。她的頭髮也是眞的，不是假髮——一位我認識的女書法家堅持，她那頭摻着銀絲的鳥巢型黑髮是假的。當然不是！知道她的人就會了解那不是！

最令人費解的一點是：她左手握着一卷報紙，上面刊着的頭條竟是：主席金日成昨猝逝。

憑着這卷斜切過她身體的「頭條」，她要向讀者宣洩的是甚麼訊息？

這一點先按下不表，且說她那張「玉照」，其實滿耐看，並不如一般人想像的那樣糟。乍一看，我覺得眼熟：原來她像兩三年前逝世的影后奧黛麗赫本。影后大去之前，經常參加慈善活動，媒體免不了要替她拍照，影后依然固我，像年輕時一樣喜歡坦胸露頸，結果引起她的老影迷一片惋惜之聲，「這女人瘦來！怕來！」這是張愛玲在〈花凋〉一篇裡，形容女主角川嫦罹患了三期肺病後的一句話。

「瘦來！」是客觀的；「怕來！」卻是主觀的評語了。「瘦來！」使人想起健康不佳，再加上那條驚嚇人心的黑色頭條，更產生了震懾人心的觳觫效果：「怕來！」張愛玲是在那裡扮演「死神」的角色嗎？

是的，世上沒有一個女人肯紆尊降貴扮演一次「死神」，張愛玲就肯屈身俯就。這樣做，同樣也應驗了張愛玲在作品裡常用的一句話：「殺風景」，還有便是她作品裡的一貫作風（主題）：「辣手摧花」。

像她的那篇得獎感言，也是一貫的「殺風景」，把讀者倖存的一絲羅曼蒂克幻思都擊落了，碎爲滿地的玻璃渣。

照片除了殺風景，她還要透露的一個訊息是：死亡使人平等，在她的作品，經常提到這一點。古羅馬詩人荷馬司就在他的抒情詩裡說：「灰白的死神以公平的雙足敲扣窮人的小屋，和王侯府邸的角樓。」魯迅更在一篇怪誕的散文裡說：一家人生了個男孩，賓客們跑去道賀，大家齊聲唱唸着榮華富貴長命百歲等賀詞時，有一個聰明人卻力排衆議，跑進去說這個小孩將來會死。於是引起衆人一片公憤，被大家趕了出去。其實，魯迅在結語時說，這聰明人倒是說了眞話；其他人說的都是假話，反而受到歡迎。這就是人間。張愛玲應該算是魯迅的私淑弟子，她在〈憶西風〉裡說的也是眞話，可是卻聽來如此的「殺風景」。這張「玉照」她竟然巧扮起「死神」——又有點像紅樓夢裡的馬道婆來——那是個類似五通神的「死神」角色，更是雙料的殺風景；她舉起那道符咒似的黑色「拘捕令」，向我們這些愚夫愚婦、芸芸衆生沒頭沒腦砸了下來，砸得我們兩眼金星亂迸，無處可以遁逃。一個願打，一個願挨，多年來沒有遇到這樣過癮的事了。

本世紀初，慈禧太后在頤和園內留下一幀巧扮觀音的「玉照」，身旁是面目醜陋的弄臣李蓮英；又快過了一世紀，我們目睹了稀世的女作家張愛玲，爲我們巧扮了一次「死神」。前者反映了慈禧的愚；後者反映了張愛玲的智。好戲歹戲都被這兩位女性演絕了。後世的女性，理當抱怨「生不逢辰」吧？

結婚是墳墓的入口？

——解讀〈鴻鸞禧〉

故事大要：

民國三十一、二年，上海淪陷在日寇鐵蹄下，上海租界上的英美勢力完全撤退，英美僑民也住進了集中營，但租界的市面百足之蟲，死而不僵，仍然維持着瞬息繁華。

故事是說婁家二姊妹，爲了辦喜事，陪伴準嫂嫂玉淸來祥雲公司試新娘禮服。婁家因爲新近發跡了（極可能是兩姊妹的父親囂伯當上了汪記僞政府的要員，用另一種說法是「落水」當了漢奸），所以玉淸委身大陸，被兩姊妹看作是「上」嫁，與她們的哥哥不相匹配。

故事的時間大概不出四天——從祥雲公司試禮服開始，到舉行婚禮，跳接到婚禮次日，小夫婦倆「回門」爲止：張愛玲的着墨點，是時裝公司——妻家臥室——結婚典禮時的飯店——妻家客廳。不過，場景寫得最多的，不是吹奏結婚進行曲的禮堂，而是試裝的時裝公司，以及妻家臥室。按說，這些場景只是步入婚姻的過場，不是正廳。作者作出比例不均的描寫，間接可以窺測出她對婚姻制度批判的態度（這一點容後再論）。

故事是從瑣屑的家常（一個張愛玲最喜描繪的題材）裡，寫出妻家一家大小興興轟轟替他們的大兒子（大哥）辦喜事，娶進書香門第的淑女玉清（暗喻冰清玉潔）小姐。

登場人物：

剛才所說的那位冰清玉潔的小姐，根據她兩位小姑的形容，卻是一身白骨，「碰一碰，骨頭克察克察響」，「擲地作金石響」。她雖然看起來不若她小姑形容的那樣不堪，試裝的時候，她的「臉光整坦蕩，像一張新舖好的床；加上了憂愁的重壓，就像有人一屁股在床上坐下了。」（這是標準的張派「高蹈的比喻」Metaphysical Conceits，晚近有諸多小說新秀想學舌這一技巧，形似者多，神似者少。）

雖然玉清花的是她父母給她的嫁粧，看在她小姑、小叔眼裡，仍然心痛不已。玉清有她自己的想法。張愛玲說：「她認為一個女人一生就只有這一個任性的時候，不能不儘量地使用她的權利，因此看見甚麼買甚麼，心裡有一種決絕的、悲涼的感覺。」

這也間接反映出作者對婚姻的一個看法，是決絕的，悲涼的；絕不是甚麼「喜孜孜的」。玉清在她「小姑」眼裡，除了一身白骨，年紀又大，「看來總有三十歲」，因此，「玉清非常小心不使她自己露出高興的神氣……彷彿坐實了她是個老處女似的。」在這裡，張愛玲用婉諷的手法寫出了當時的婦女，怕當老處女、爲了結婚而披嫁衣的無奈與苦衷。

婁太太——玉淸的準婆婆，認眞說來，婁太太才是〈鴻鸞禧〉的女主角。她是舊式婚姻中的犧牲品，這一類不幸的女子，在張愛玲的小說中佔了多數。以後我們還會看到——看到很多。

婁太太跟婁先生是配錯了的夫妻，「多少人都替婁先生不平」，婁先生沒有像古時候的男人把她「休」了，已是婁太太的幸運。作者花去大量篇幅，來寫婁太太百忙中分出神來，替媳婦製作一雙平金綉花鞋——其實是假裝忙碌，逃避責任。又說「婁家一家大小，漂亮、要強的，她心愛的人，她丈夫、她孩子，聯了幫時時刻刻想盡方法試驗她，一次一次重新發現她的不夠……」然而，婁太太應付丈夫責難的時候，連發脾氣的衝動都「話到口邊又嚥了下去」。她也有發洩怒氣的法子，「每逢生氣要哭的時候，就逃避到粗豪裡去·

挺胸突肚，咚咚咚大步走到浴室裡，大聲漱口，呱呱漱着，把水在喉嚨裡汩汩盤來盤去，呸地吐了出來。」

這一幅敢怒不敢言的畫面，可與〈紅玫瑰與白玫瑰〉裡，振保的髮妻孟煙鸝，藉口便秘症，躲在浴室裡，看自己通便時起伏的白肚臍眼相媲美。

婁三多、婁二喬、婁四美，還有他們的父親婁囂伯，大哥婁大陸，只佔配角地位，無甚重要。

主題與技巧：

西洋人說：「結婚是戀愛的墳墓。」到了張愛玲筆下，變成了「結婚是墳墓的入口」，未免悲觀了一點。張愛玲一直對婚姻持有一種強烈的反抗態度。這當然與她萌芽的「女性主義」理念有關。她在小說以及散文裡處處透露：男女是不平等的，而在婚姻關係中，男女的關係尤其不平等。

〈鴻鸞禧〉寫出了兩位女性（一老一少）在婚姻中的處境，像婁太太已經子女成群，往事已矣，然而她是如此的不快樂（根據晚近的說法，她沒有找到自己，所以不快樂）；再反觀那位即將闖入那「五彩的碎花玻璃球」（暗喻結婚）世界裡去的玉清，她會快樂嗎？「會喜歡嗎」？像她開明的公公在故事結尾所發的一個問題；作者沒有具體的回答，只藉着一個寫實的意象，向我們作出了間接的宣示：「……客人們（應當包括玉清在內，因爲她也是人）都是小心翼翼順着球面爬行的蒼蠅，無法爬進去。」

不管怎樣，婚姻在肇創者的眼裡，原是一種良法美意，詩經中所謂的「子之于歸」、「宜室宜家」……都是一種好意。但是，像任何一種制度，使用過久了，便會露出破綻。像在婚禮進行當中，踏進紅地氈「粉紅的、淡黃的女儐相（二喬四美），像破曉的雲，那黑色禮服的男子們像雲霞裡慢慢飛着的燕的黑影……」多麼華美的意象。然而，張愛玲的筆鋒緊急着一轉，那「半閉着眼睛的白色的新娘像復活（節）的淸晨還沒有醒來的屍體」，又是多麼殺風景的「高蹈的比喻」。這比喻至少有兩層含義：其一，復活節的屍體，根據聖經，是耶穌遺下的，祂被門徒在禮拜一的清晨發現，是在墳墓的入口，墓穴內是空的。準此，我們可以說：結婚是墳墓的入口。其二，耶穌受難，替衆生贖罪，是心甘情願被釘上了十字架。準此，女子的婚姻，也是爲了繁衍後代，像耶穌那樣，替芸芸衆生扛起了十字架——也算是一種自願的犧牲吧？

這是新式的婚姻，比喻當然用西洋式的。換到婁太太那種舊式婚姻呢？婁太太「忽然想起她小時候，站在大門口看人家迎親……轎夫與吹鼓手成行走過……花轎的彩穗一排湖綠、一排粉紅、一排大紅……一路是華美的搖擺。」然而，張愛玲筆鋒倏的又一頓一轉，形容「轎夫在綉花襖底下露出打補釘的藍布短袴，上面伸出黃而細的脖子，汗水晶瑩，如同罈子裡探出頭來的肉蟲」。肉蟲即蛆，加上屍首、白骨……結婚原來是人生（特別是新娘）的墳墓，不管是新一代的舊一代的。這樣武斷的把婚姻制度來蓋棺論定，是不是有過份之嫌呢？

思想走在時代前端的作者，也許是有權這樣做的吧？

天才的模式

——張愛玲與嘉寶

最近有機會在報上讀到十二篇有關好萊塢巨星葛麗泰·嘉寶(Greta Garbo)的小傳。嘉寶主演的〈茶花女〉,生平不知看了多少遍,每看一遍就增添一點心得,爲此,數年以前,我一時手癢,寫了篇〈嘉寶頌〉,專門討論〈茶花女〉這部影片。我想,小仲馬地下有知,一定會感激嘉寶演活了他筆下的茶花女。

銀幕上的茶花女,之所以讓我神往,就是嘉寶一舉手一投足,一顰一笑,都讓人覺得,這就是茶花女⋯⋯眞是增一分則肥,減一分則瘦。張愛玲說過⋯⋯

這樣的人物塑造，會讓讀者覺着「內臟上對」(Internally Right)！難爲嘉寶，她怎麼會對茶花女有這樣深刻的體驗？

報上連載的文章說，嘉寶演〈茶花女〉時，很少與男角（無論主配）排戲，但一經「開麥拉」叫出後，卻又圓融透熟，揣摩個正着，這樣「入戲」的女明星，根本毋需導演的指點，除了天才，似乎簡直無法解釋。

讀完報上的嘉寶軼事（稱「小傳」似乎稍嫌籠統），總覺得此中有人，呼之欲出：「像有一種精緻的仿古信箋，白紙上印出微凸的粉紫古裝人像。」（見〈紅玫瑰與白玫瑰〉）

「臥底」的人像爲誰？我曰：爲張愛玲！

讀者不必驚訝，我是有書爲證的。在《餘韻》一書內，她談到大隱隱於紐約市的嘉寶，在漫畫家的筆下，屋前有一方青青草地，上面插有一塊告示牌：「幸勿踐踏」！她希望她的仰幕者也能像對待嘉寶那樣尊重她的隱私權！

嘉寶在紐約的隱居生活，過得十分愜意，使她心儀不止。我們知道，張愛玲很少公開正面的去揄揚一個人，唯獨對嘉寶是例外，因此，她的文章，除了表示徹底的欣賞以外，還帶有三分自況的意味。

若把張愛玲與嘉寶相比，我相信張愛玲一定不會反對，因爲兩人有太多相似的地方。

嘉寶算來應該誕生於本世紀初，她是一九二五年從瑞典家鄉爲好萊塢發掘，坐郵輪抵達紐約，陪同她一齊來美國的，還有製片家斯蒂勒。

嘉寶初抵影城的時候，「貌不驚人」，「牙齒也不整齊」，看起來「沒精打采」，但一經拍出照片來，卻又「七情上面」，線條輪廓，無一不美，使整個的影壇，「驚艷」騷動不已。

女作家不靠「顏色」吃飯，但作爲一個小說家，各行各業沒有好好的去混過，照樣也能寫得入木三分？在《流言》中，張愛玲羨慕「話劇皇帝」石揮確實把這一點先做到了，這才能夠做到演啥像啥。她言下之意，是希望上天能夠賦予她跟石揮同樣的機會，就可惜現實生活上辦不到；儘管胡蘭成替她辯白，說讀者讀她的小說總以爲她的生活經驗非常豐富——至少也應該是活到某一年齡層次才寫得出的生活經驗（後一句由我自加）——其實並沒有。

生活經驗欠缺，有時可以藉豐富的閱讀來補助——張愛玲根據我「夜訪」所知，是手不釋卷的；但有些非閱讀可以傳授的直接經驗，像《傳奇》裡所寫的，就令人不得不歸功於天份才氣；像嘉寶那張靈氣逼人的臉，怎麼可以一下子「在鏡頭無人性的注視下」（張愛玲語），曲曲狀擬出人性的七情六慾來？捨卻天才以外，似乎無從解釋起。

天才因爲不屬於這個世界，走到那兒去都是「異鄉」。「錯把他鄉當故鄉」，天才曹雪芹寫出的《紅樓夢》開宗明義談到這一點。魯迅小說中的故鄉，對他根本是異鄉，這一點他在小說〈故鄉〉中闡發得最多。喬哀思終其一生都在他鄉流浪，他寫的《都柏林》、《尤利西斯》卻是對他故鄉愛爾蘭最嚴峻的批判，即連今日，住在都柏林市喬哀思的同鄉，對他「終究意難乎」者，還是很多。說到嘉寶，她雖然在美國發跡，好萊塢使她名滿天下，然而她不喜歡「黃金」之州，也不喜歡那兒金色的陽光，甚至不因爲她喜歡吃的橘子而移愛加州（這一點似乎有點忘恩負義）。她說她永遠懷念瑞典，彷彿只有回家去才能解除她的鄉愁，可是終其一生她是住在紐約的，她大概活到八十來歲（正確年齡待查），她爲甚麼最後並沒有回到瑞典去，證明她患的「思鄉症」是一種心理上的症候，是心理上的因素佔多數，不是一種可以用藥物治療的病症。因爲天才不管到那兒去都是異鄉，雖然「茶花女的成功使她的名聲達到新的顚峰，但她此時的內心卻和外表全不配襯。她不快活、苦悶、疲累。由於長期頹喪，她還去看一名精神醫師，每次一個半鐘頭。醫師要她以幽默的心情面對不如意，顯然認爲她遇事太認眞。」

完美主義者……長期頹喪……不快活、苦悶、疲累……這些都是天才的症候群。張愛玲也時常犯。她以前跟我寫信常說：「最近忙得發昏。」她在文章上又反映過：快樂的事情很快便忘記了，沮喪刺惱的事卻永遠記得（大意如此）。此所以西風徵文的首奬她得而復失（在別人往往是失而復得），使她沒齒難忘，到臨了，五十多年後，別人再給她一個奬時，又拿出來「啾咕」一番，眞是殺風景，於人於己都無好處，何苦來？這都是天才的毛病。眞令人難以想像，像嘉寶、張愛玲這樣成功、令人艷羨的天才，她們對於人生的要求到底是甚麼？

據我臆測，張愛玲像嘉寶一樣，在民國七十二年也害過一場精神病，起因是來自二手貨冰箱「隔熱裝置」（海綿體）內的跳蚤。後來越演越烈，變成疑似精神病的「風」貌，為此，她寫了一封信給她的摯友宋淇先生，這封信寫得頗有「張愛玲筆觸」，雖然以前發表過，仍有傳抄價值，如下：

「現在這批 Fleas（跳蚤）來自八三年十一月買的舊冰箱底下的 Insulation 中，淺棕色，與上一批 Kingsley 舊居鄰家貓狗傳入的黑色 Fleas 不同，疑是中南美品種。變小後像細長的枯草屑，在中國只有一種小霉蟲（黑色爬蟲）有這麼小……早在八三年冬我就想住一兩天醫院，徹底消毒。不收。現在要住院，除非醫生介紹，而醫生也疑心是 A Lace in My Bonnet（我女帽上的一條絲緞，隱喻，暗示純屬子虛烏有）。前兩天我告訴他近來的發展，更像是最典型的 Sexual Fantasy（性的妄想），只有心理醫生才耐心聽病人這種囈語……」（見拙文〈張愛玲病了〉）

無獨有偶，張愛玲跟嘉寶都極易患「感冒」，她告訴過我：感冒是她的舊病，一害起來，幾個月都不會好，嘉寶也是這樣。

再，張愛玲也跟嘉寶一樣，心理上永遠流浪，找不到一個戶籍所在地，到那兒去都是異鄉。只有上海，那是個「前不巴村、後不着店」三不管的次殖民地地區，她比較能夠安下心來，寫出幾篇絕色的文章。（她覺得上海縱有千般不是，但是「與人親」）。時代一過，像她在〈草爐餅〉裡所寫的，這一種「馬——炒爐餅——」的叫賣聲，也就隨着戰亂終結，戛然而止。而她的人也隨着逃難的人潮，飄流到了美國。至於當時像一窪死水的上海文壇，爲甚麼能容得下張愛玲的一番騰躍，據說已有人作出精心研究，我們只有拭目以待了。

嘉寶是在不該退出影壇的那個年齡（三十六歲），退出影壇的，留給她的影迷一片惋惜聲，還有無窮的遺憾。張愛玲也是這樣，在二十五歲黛綠年華的時候已經寫出她一生中最精彩的篇章。猜測甚麼客觀主觀的因素，使她中途封筆，都是一種虛妄。像曇花一樣，經過一夜的怒放，她們兩人立刻萎謝了。此後，她們「退休」後的生命，是前段生命的一種反高潮，「其餘不足觀也矣」，像張愛玲在《對照記》裡所寫的。這一種永遠無法「自圓其說」的現象，我們只好歸納成一類，說它是「天才的模式」吧！

（小文寫成了，又想贅言一句：像張愛玲一樣，嘉寶也一度醞釀復出，最後還是「只聽樓板響，不見人下來」；像張愛玲口中再三致意的〈小團圓〉，與望眼欲穿的讀者，永遠「紅樓隔雨相望冷」，也永遠團不了圓，即使是最幼小的一種——「押末」一句，是有點「張愛玲意思」的筆觸，一笑。）

平林漠漠煙如織

——解讀〈留情〉

故事大要：

民國三十一、二年，上海淪陷在日寇手中，英美租界亦不能例外；但一般市民猶能保持原來的生活模式；與共產黨九年後「解放」上海，生活方式發生天翻地覆的改變，有極大差異。

〈留情〉是《傳奇》第一篇，有點序曲意味，使讀者覺得全書的大旨提要：通書不過談情。〈留情〉所談之情，不外兒女私情。

淳于敦鳳現在三十六歲，嫁給了現年五十九歲的股票商人米堯晶。然而，儘管「結婚證書是有的」，米堯晶是停妻再娶，而敦鳳是守寡多年的再醮婦，他們的婚姻，不能完全爲外界所承認接納，引起了敦鳳心裡惴惴的，張愛玲稱之爲「結婚錯綜」Marriage Complex。這名詞不知是否張愛玲所杜撰？總之，缺少婚姻保障的女性，在那個年代，是令當事人擔憂的。久而久之，便患上了結婚錯綜心理病。

故事是一則「生活切片」Slice of Life。陰寒的十一月某日，敦鳳和米先生坐一輛三輪車到她舅母楊老太太家「串門」，時間大概是下午一點到五點。故事沒有戲劇性，沒有轉捩點，也沒有高潮（當然，仔細推敲一下是有的），然而暗潮澎湃，洶湧激盪，主要是米先生的妻子病入膏肓，即將棄世，引起了男女主角的一陣懸疑，一陣猜忌，而故事的重點，便是在一些瑣屑細碎的家常細節中，凸顯出女主角淳于敦鳳心理上的「不覺暮色移，秋雲暗幾重」。

人物：

表面上一共有兩對：米堯晶、敦鳳；楊太太、她的先生（始終未露面）；據說是在家裡待不住，「要在外面坐着」。楊太太是一個有「花癡」性格的女人，「她的客室很有沙龍的意味，也像法國太太似的有人送花送糖，捧得她嬌滴滴的」。此外，她有一雙瞇細的媚眼，手也是冷香的；走起路來，「很玲瓏的一雙小腿，一絞一絞，花搖柳顫。」

敦鳳早年也是個「大美人」，然而，她的美與楊太太一比，是另一種路子的嬌媚。因爲日久生活在姨太太群中，而這些女人的出身，又多半是北里平康——在上海叫作「長三書寓」。久而久之，敦鳳學會了這種老法子的嬌媚：「回過頭來，似笑非笑地瞪人一眼」。法則迥異，其心則一：無非想籠絡男人。

楊太太吸引男人的手法是恣肆的。她是《傳奇》一書中最早出現的一位帶有「女性主義」叛逆色彩的角色。男人能，爲甚麼我不能？所以她在自己的天地——牌桌上，與鄰居的年輕牌友公開調起情來了，而自己不覺得突兀。

像這種與禮俗人情相牴觸的女性，以後我們在《傳奇》裡還會碰到，而且很多，所以說，張愛玲是女性主義的作家，毫不爲過。(註)

再回到剛才一點上。〈留情〉裡的夫妻，表面有兩對，實際上有四對：米先生和他的正妻要算一對，敦鳳和她的亡夫也要算一對。張愛玲利用側寫暗寫，烘托出這兩對有如「共生」(Symbiosis)現象的夫妻，實際上是一雙怨偶。所以米先生雖然是坐在三輪車上，心裡情不自禁，想的卻是他臨危的病妻：「這些年來很少同她在一起……只記得一趟趟的吵架，沒甚麼值得紀念的快樂的回憶。」然而，敦鳳也是無獨有偶，跟米先生坐在三輪車上，雖然「和自己的男人挨着肩膀，覺得很平安」，然而看到一幢灰色的洋樓，陽臺上掛着一隻大鸚鵡，立刻使她想起那一個婆家。

不但想起婆家，她又憶起她二十五歲夭亡的前夫，「眉清目秀的，笑起來一雙眼睛不知有多壞！」

他們都是「理直氣壯有許多過去」的人。然而，是多麼不堪又令人刺惱的過去！

題旨、手法：

忘不了，忘不了，像那首老歌〈不了情〉所唱的，往事就是忘不了。這就是〈留情〉的題旨所在。米堯晶、淳于敦鳳所留的情，不是眼中人。他們的心中事是說不出的，只有冥想。張愛玲利用一些室內的實景上海的街景，來烘托氣氛，傳達訊息。例如故事開始的時候，她描寫一隻火盆，「雪白的灰裡窩着紅炭，炭起初是樹木，後來死了，現在，身子通過紅隱隱的火，又活過來，然而，活着，就快成灰了。」不言而喻，這火盆的火，是暗示米先生這段花甲之戀，「夕陽無限好，只是近黃昏」了。

張愛玲是熟讀唐詩的，爲了暗喩米先生晦澀的心情，特別選定了陰霾的冬日午後，「一點點小雨……寒絲絲，全然不覺得是雨。」

後來，經過了一長段往事的追憶後，張愛玲又告訴我們，「然而還是那些年輕歲月……眞正觸動了他（米先生）的心，使他現在想起來，飛灰似的雨與冬天都走到他眼睛裡面去，眼睛鼻子裡有涕淚的酸楚。」

米先生在預先悼亡他那即將天人永訣的糟糠之妻吧？

這一段的白描是達到唐詩的境界的，使人想起李白的〈憶秦娥〉來：「平林漠漠煙如織，寒山一帶傷心碧」。

敦鳳在這篇故事裡，心情一直忐忑、杌隉不安，因爲她婚姻處境的㜷𡣼尷尬，「妾身未分明」；「老太婆」要是好起來了，米先生餘情未斷，可會重圓？這一種焦躁不安的心理，在故作鎭靜、滴粉搓酥圓胖臉的遮掩下，張愛玲利用電話鈴聲，舉重若輕的反映出來了。

「敦鳳獨自坐在房裡，驀地靜了下來。隔壁人家的電話鈴遠遠地在響。『葛兒鈴……鈴……葛兒鈴……鈴！』一遍又一遍……就像有千言萬語要說說不出，焦急、求懇、迫切的戲劇。敦鳳無緣無故地爲它所震動。」

震動當然是有緣故的，這也是爲甚麼故事結尾的時候，米先生來接敦鳳回家，敦鳳抬頭一見是米先生，心裡一喜，踏實了，心想「老太婆」大概完了，所以米先生趕着回來，從此死心塌地是她的人了。這時候，「忽然聽見隔壁房子裡的電話鈴又響了起來：『葛兒鈴……鈴！葛兒鈴……鈴！』她關心的聽着。居然有人來接——她心裡倒是一寬。」

這「心裡一寬」一定有「見景生情」或者「一語雙關」的雙重作用的。這一種寫法，契近《詩經》、《唐詩》的境界。現代西洋的一些象徵主義作品裡，也有這一類的「書寫」(Discourse)，他們統稱爲「詩的書寫」。

還有一隻鸚鵡，前文提過的，其作用亦與電話鈴相似。它發揮了唐詩中

「含情欲說宮中事，鸚鵡前頭不敢言」的作用，我曾經寫過一篇〈關於那鸚鵡——張愛玲的《留情》，及其它〉，闡說了鸚鵡的內涵外義，收在《說涼》一書中，今次不再重複，有心人逕自一查，即知分曉。

（註）根據我日後閱讀的一些文章，認眞說來，張愛玲不能算是「女性主義」的作家，所以我此後在這一點上沒有作出更多的闡發。

貓樣的歲月
——解讀〈等〉

故事大要：

推拿醫師龐松齡的診所裡，擠滿了候診的病人。我們知道，中醫推拿之道，無非是治療病人的腰痠背痛、風濕、五十肩、坐骨神經痛，各種脫臼、跌打損傷等類似西醫外科上的毛病。

〈等〉這個與〈鴻鸞禧〉有差不多字數的短篇，又是一則「生活的切片」Slice of Life，沒有小說裡常見的起承轉合。龐先生是主治醫師，管掛號和其他雜務的是龐太太和他雲英未嫁的大小姐。時間不確定，也可能是上午

——或者是下午？最多不過三、四小時。

來看病的人有小孩、男人、女人——以女人（年長的婦女）居多，她們也是張愛玲一枝筆要掃描的主要對象。

第一個來接受推拿的是高先生，鏡頭在他面前一晃而過，只由他跟龐先生的對話片段帶出了外面的情形。然後接二連三來看病的都是堂客——王太太、包太太、童太太、奚太太——中間只加挿了一個小孩。最後故事結束前是一位「拔號」（需要多付兩百塊錢）的少爺，故事在青年與龐先生火熾熱鬧的對話「死的人眞多，堆得像山」中結束。

人物：

〈等〉這篇故事的主角，應推童太太與奚太太，她們的胸中有許多積壓了數十年做媳婦做婆婆（做女人）的悲哀與怨憤，根據張愛玲的說法，是「一大塊穩妥的悲哀」，所以，趁着到中醫診所接受推拿的當口，也把它們和盤托出了。在今日的美國，醫學分工精細，她們事到臨頭，恐怕得另外付費，去看心理分析醫師的。在民國三十一、二年的上海，推拿醫師的診所，也可以充當心理治療的病榻；她們傾心吐膽的話出了心中的積忿，同時也娛樂了一室枯坐鵠候的病友，這也就是張愛玲常常誇說的「中國人的幽默、中國人的機智」吧？

中國人的幽默，往往是一種苦哈哈型的，張愛玲又說。

童太太其實是主角，她大概五六十歲，「略帶鄉氣……薄薄的黑髮梳了個髻，年輕時想必是端麗的圓臉，現在胖了，顯得膿包，全仗腦後的『一點紅』紅寶簪子，兩耳綠豆大的翡翠耳墜，與嘴裡的兩粒金牙，把她的一個人四面支柱起來，有了着落。」最後兩句，又是標準的張愛玲式的「神來之筆」，別人是欲學（說）還休的。

兩三頁過後，童太太接受推拿畢，跑出診療室，張愛玲筆鋒一轉，寫道

「……站在當地，只穿着襯裡的黑華絲葛薄棉對襟襖褲，矮腳大肚子，粉面桃腮，像百子圖裡古中國的男孩。」終算還給了她幾分「顏色」。

陪襯她的另一主角奚太太，比她年輕，剛過四十，「粉荷色小雞蛋臉的奚太太，輕描淡寫的眼眉，輕輕的皺紋，輕輕一排前劉海，剪了頭髮可是沒燙。」

童太太奚太太應該是一雙姐妹花，是作者「一胞雙胎」的一種寫法，十年後，奚太太就會變成童太太現在這副發福後的「膿包」模樣。兩人的遭遇亦甚類似。奚太太的丈夫去了重慶，把她像王寶釧一樣丟在淪陷區的上海，龐先生的女兒阿芳低低問她：「恐怕你們先生那邊有人哩！」

奚太太倒是不掩飾，手拍膝蓋，嘆道：「我不是不知道呀……我早猜着他一定是討了小。」又加上一句，「現在也不叫姨太太，叫二夫人。」

然而，奚太太拙於詞令，她的鋒頭在候診室裡，全爲她的「他我」Alter-ego童太太搶了去。畢竟多長了十年見識，童太太訴起苦來可眞是有情有節、有板有眼的。她說她在家裡充當大廚師，「每天燒小菜，我燒了菜去洗手……我這邊洗手，他們一家門，從老頭子起，小老姆（姨太太）、姑太太，七七八八坐滿了一桌子，他們中意的小菜吃得精光。」

有一次，「老頭子闖了禍，把我急得個要命，還是我想法子把他弄了出來。可憐啊——黑夜裡乘了部黃包車白楞登一路顛得去，你知道蘇州的石子路，又狹又難找，墨黑，可憐我不跌死是該應！好容易他放了出來了……哦——踏進門就往小老姆房裡一鑽！」

眞是蘇州人朗朗說書的一張利口。

童太太跟她男人「火來火去的」，有一次，她去請敎一位金光寺的和尙，和尙勸她：「……前世的寃孽，今世裡你再同他過不去，來生你們原舊做夫妻，那時候你更苦了，那時候他不會這樣輕易放過你，一個錢也沒有得給你。」這一下童太太嚇死了，乖乖的把和尙這句話「捧了回來」，從此情勢逆轉，她丈夫不再怕她「怕得血滴子相似」——她失敗了。

奚太太的丈夫，在重慶娶了二夫人，消息傳了回來，她公婆也勸她息事寧人，說，「反正家裡總是你大。」

題旨、技巧：

張愛玲筆下的〈等〉，寫的是一個殘暴的弱肉強食的世界。故事一開始，進來接受推拿的高先生說：「現在眞壞！三輪車過橋，警察一概都要收十塊錢，不給啊？不給請你行裡去一趟。」三輪車夫爲了避免時間損失，只好乖乖的付出「行規」（到頭來還不是「轉嫁」到顧客頭上。）

而在遙遠的歐洲，更加殘忍的戰爭罪行正在瘋狂的進行着。

這是男人的世界。而女人的世界呢？我們聽到的是更加殘暴的不講理的丈夫欺負妻子的故事。情形將來會有所好轉嗎？作者用了一個非常高蹈的意象，在結尾時作出了一個哲理性的無言的(Muted)答覆：

「一隻烏雲蓋雪的貓在屋頂上走過，只看見牠黑色的背，連着尾巴像一條蛇，徐徐波動着。不一會，牠又出現在陽臺外面，沿着闌干慢慢走過來，不朝左看，也不朝右看；牠歸牠慢慢走過去了。」

末了，張愛玲大而化之的加上一句：

「生命自顧自走過去了。」

這是修辭學上的「誇大格形容法」Hyperbole。其實，張愛玲要說的是：「歲月（時間）自顧自走過去了。」

有位相當有才氣的年輕作家寫過一本書《貓臉的歲月》，不知靈感是否來自張愛玲的這行警句？我想有幾分可能，因爲這位神經外科醫師也是「張迷」，我因此將這篇小說，取名〈貓樣的歲月〉。的確，用貓來暗喻歲月，再恰當不過了。貓是陰險的，莫測高深的，有時候又是忘恩負義的。所謂歲月無情，暴君似的喜怒無常，與貓的一般性情暗合消息。難爲張愛玲將歲月的這些特質併在一起，用一個活潑的意象呈現在我們面前。至於小說爲甚麼取名〈等〉，我想借用童太太說的一段話來解釋它：「所以我等龐先生把我的身體收作收作好，等時局一平定……等我三個大小姐都有了人家，我就上山去了。」

歲月的等待，等來的結果，往往是一場空。

歲月似貓，貓臉上似乎缺少一雙眼睛？張愛玲也沒有忘記補上這畫龍點睛的點；在小說中，她不斷的提示，說龐太太的「眼睛也非常亮，黑眼眶，大眼睛，兩盞燈似的照亮了黑瘦的小臉。」又不避重複的說女兒阿芳「面如鍋底，也生着一雙笑眼，又黑又亮。」

這樣一來，「歲月似貓」的形象便整個烘托出來了。

〈等〉的賣點，在全篇最後一段（我沒有全抄出來）這種蝕骨銷魂的詩意「書寫」。

「文章本天成，妙手偶得之」——是耶？非耶？

雨的大白嘴唇

——解讀〈紅玫瑰與白玫瑰〉

故事概要：

〈紅玫瑰與白玫瑰〉（下稱〈紅、白玫瑰〉）的故事其實相當簡單，寫的是一則有關男子慾情與負心的事實眞相。〈紅、白玫瑰〉一共有五十一頁，七頁是描寫振保性事上的「初夜」以及第一個女朋友玫瑰；十八頁是交代他和正妻孟煙鸝之間的夫妻關係。至於他跟熱烈的情婦紅玫瑰王嬌蕊那段戀情，所佔篇幅最長，計二十八頁。認眞說來，小說應當取名爲〈紅玫瑰之戀〉才對。

故事大概有三萬字左右，是張愛玲最擅長表現的「短中篇」，西洋人稱做Novelette的那一種體制。

亨利・詹姆斯也喜歡從事這一類體制的創作。

明朝馮夢龍撰寫的《三言兩拍》故事集，多的是現代西洋盛稱的短中篇，〈賣油郎獨佔花魁女〉是此中代表之作。

〈紅、白玫瑰〉的故事三言兩語便說完了。佟振保是留英歸來的留學生，在英國學的是紡織，回上海後，住在一個留英時認識的朋友家裡，因而勾搭上後者的妻子王嬌蕊。東窗事發（是嬌蕊向丈夫坦承了自己的戀情），振保不敢面對現實，抱頭鼠竄而逃。他割捨了嬌蕊後，明媒正娶了「聖潔」的白玫瑰孟煙鸝。結果，因爲振保宿娼過頭，冷落了嬌妻。煙鸝因之與替她縫衣的裁縫有了「針線情」。振保無法當面揭穿這件醜聞，只有靠酗酒、發脾氣來發洩自己的鬱悶。故事在不了了之的尷尬場面下結束。

人物：

〈紅、白玫瑰〉中的主角只有兩位：佟振保與王嬌蕊。張愛玲用一枝生花妙筆，細細描繪了兩人的一段私情。從邂逅起，一直到兩情繾綣爲止，中間反反覆覆、欲擒故縱，是整篇小說「戲肉」（張愛玲自己的說法）所在。如果將這一段經過挖空了，〈紅、白玫瑰〉也就會變得「言語無味、面目可憎」了。當然，作者着墨最多的，是佟振保的心理——特別是性心理。這種題材郁達夫寫得最多，像是〈春風沉醉的晚上〉。張愛玲以女性筆墨來狀擬男性心理，頗有開風氣之先的趨勢。這是她創作小說中唯一的一篇，以男主角的觀點來說故事，此後即不曾再嘗試過。

佟振保喜歡熱艷的小辣椒型的女人，然而，這種女人玩玩可以，娶到家裡靜待她「紅杏出牆」可就所費不貲了。但是他不明白他自己跟嬌蕊一樣，也是好吃貪玩的人。因爲他窩囊，「自欺欺人」，想在表面上扮演一個好人，結果在不自覺的情形下，傷害了他的妻、他的情婦和他自己。相形之下，嬌蕊比較憨直，敢作敢爲，卻因此栽了個大筋斗，這在她與振保在公共汽車上重逢時所說的一句話中，可以印證得出來：「是的，年紀輕，長得好看的時候，大約無論到社會上去做什麼，碰到的總是男人。可是到後來，除了男人之外總還有別的……總還有別的……」

這一段如杜鵑啼血的告白，使人不由得想起古詩十九首（還是古樂府？）裡寫的：「長跪問故夫，新人復如何？」

其他的角色，像是振保的弟弟篤保，甚至白玫瑰煙鸝，雖然佔去了一些篇幅，實際上只能算配角，用來陪襯主角，展開情節。亨利・詹姆斯對這一種角色有個名稱，是「馬車上的轆轤（Runners of The Coach）」；煙鸝也具備這一種特性，是催化劑作用勝過其他。

題旨、技巧：

張愛玲自幼受乃母黃素瓊藝術薰陶甚深，對於顏色、衣服設計特別鍾愛，表現於小說中的，便是替女主角裁製出一套套色彩艷麗、款式新穎的服裝，像〈沉香屑——第一爐香〉的葛薇龍，在她姑母梁太太替她準備的金碧輝煌的衣櫥裡，「一混就混了兩三個月」。在〈紅、白玫瑰〉裡，她積習難返，一時技癢，又替紅玫瑰準備了一套套令人目眩神搖的服裝。算一算，計有一件淡墨條子紋布的浴衣，一件家常穿的鮮綠色曳地長袍，「兩邊迸開一寸半的裂縫，用綠緞帶十字交叉一路絡了起來，露出裡面深粉紅的襯裙」。一件睡衣，「是南洋華僑家常穿的沙籠布製的襖袴，那沙籠布上印的花，黑壓壓的也不知是龍蛇還是草木，牽絲攀藤，烏金裡面綻出橘綠……脅下釘着小金核桃鈕子」。一件「暗紫藍喬琪紗旗袍……胸口掛着下垂金雞心的金項鍊」。這四襲服裝穿在四個不同的場合，每一個場合都有振保在，對於兩人情感的遇合，都發生了推波助瀾的作用，並非是作者在那兒故意讓嬌蕊一味作出無聊的時裝表演。譬如像振保初見嬌蕊，她剛洗完頭，便是穿着這「一件紋布浴衣，不曾繫帶，鬆鬆合在身上，從那淡墨條子上可以約略猜出身體的輪廓，一條一條，一寸一寸都是活的。」寫到一條條還是作者的客觀描述，「一寸寸都是活的」，卻是振保在那兒胡思亂想，所謂意識亂流，把嬌蕊當成了自己意淫的對象。穿第二件長袍的場合是次日，嬌蕊約好了舊情人悌米孫喝下午茶（因爲是英國留學生，興的是英國規矩），臨時爽約，讓振保親眼目睹到她穿的那件鮮綠色的袍子，又怎麼殘忍的把舊情人小孫攆走。張愛玲花了二、三十字的篇幅來描寫這件袍子，「是最鮮辣的潮濕的綠色，沾着什麼就染綠了。她略略移動一步，彷彿她剛才所佔有的空間上便留着綠跡子」。又說「那綠緞帶十字交叉……露出裡面深粉紅的襯裙，那過份刺眼的情調是使人看久了要患色盲症的」。嬌蕊這件鮮綠的袍子，使我想起荷拉司 Horace 抒情詩第七，寫到誘惑尤力昔斯的海妖猞施 Circe 也穿着一襲海綠色的袍子。嬌蕊年輕的時候，誘惑男人的本領，不亞於希臘史詩〈奥德塞〉中的海妖猞施。張愛玲不一定讀過荷拉司，荷馬想必涉獵過的。「五色令人盲」，振保面對着令人色盲的「葱綠配桃紅」——一種經過《紅樓夢》「調色盤」調理出來的顏色搭配——任憑他有多大柳下惠的招數，何況那不過是枉擔的虛名——也要棄械投降了。

嬌蕊的艷色，第三次出現，是在一個深沉的夜裡，這次她穿了件有着野獸派畫風的烏金橘綠、小金核桃鈕扣睡衣，那異鄉趣味的顏色，不但把夜色襯得更深，也把振保這個「大鄉里」看呆了。

最後一次是陪振保逛街吃館子，穿的那件紫藍色喬琪紗旗袍。

衣服在〈紅、白玫瑰〉裡，是小說結構裡重要的一環，劉備在《三國演義》有句名言：「朋友如手足，妻子如衣裳。」手足不能斷，衣裳是可以隨時更換，甚至抛棄的。張愛玲在故事中如此強調衣服的重要性，可能有反諷的意思在內？

是的。像振保的妻子白玫瑰，她與裁縫偷情，也是因爲縫衣結下的孽緣。可是，最具諷刺性的一點是，雖然振保用超人的鐵一般的意志割捨了嬌蕊像拋卻一件心愛的衣服，他偏偏無法師法劉備，將髮妻當作一件衣服「休」（丟）掉。因爲那齷齪的眞相，是他這樣的「正人君子」說都說不出口的。

煙鸝因爲害怕振保已經看破姦情，悄悄與癩痢頭小裁縫斷絕來往那一節，張愛玲也是把鏡頭放在衣服上來寫的。

那一天，他從家裡的老傭人余媽口中得悉「裁縫下鄉去了」，「收帳也是小徒弟來的。」「振保心裡想：『哦？這麼容易就斷掉了嗎？一點感情也沒有——眞是齷齪的！』」

完全忘了他和嬌蕊的事。還有在外面宿娼，尋找他需要的「豐肥的屈辱」種種。

然後，我們看到下面這樣一個畫面：

「這余媽在他家待了三年了，她把小袴褲（振保的，經過小裁縫改過的——他們兩個人「難兄難弟」，眞可以說是連襟或者連「襠」呢！）放在床沿上，輕輕拍了它一下，雖然沒朝他看，臉上那溫和蒼老的微笑卻帶着點安慰的意味。振保生起氣來了。」

……

其他如他發現嬌蕊愛他到癡狂的程度，也是由一件衣服引逗出來。那是因爲有一天下小雨，他回公寓去取雨衣，遍尋不獲，卻原來被嬌蕊偷去了，掛在那裡，正點燃一段他吸剩的煙蒂，讓煙氛薰着他的大衣，儘自陶醉着呢。而他無意間發現老婆對他不忠，也是因爲有一天下雨，回家取雨衣，一不經意「悟」出來的。

雨，其實像月亮、鏡子，在張愛玲的小說中，也是一個滿重要的意象，像在〈紅、白玫瑰〉，振保發現了煙鸝與小裁縫的姦情後，張愛玲這樣寫：

「振保冷眼看着他們倆。雨的大白嘴唇緊緊貼在玻璃窗上，噴着氣，外面是一片冷與糊塗，裡面關得緊緊地，分明親切地可以覺得房間裡有這樣的三個人。」

我們要是不健忘，當然會記得當振保初見嬌蕊，她正在洗頭，指手的時候，一不小心濺了點肥皂泡沫到振保手背上，他不肯擦掉它，「那一塊皮膚上便有一種緊縮的感覺，像有張嘴輕輕吸着它似的。」

慾望的開始，往往不經意，不過像別人不小心濺到自己身上的一星肥皂沫，輕輕吸着像一張小嘴；可是，一旦慾望籠罩到佟振保全家，包括白玫瑰在內，這時候，肥皂沫輕輕吸着的小嘴，變成了雨的大白嘴唇，很快就要吞噬掉每一個人，聰明如佟振保，這時候可曾憬悟到：為時已晚了嗎？

至於〈紅、白玫瑰〉的題旨，我認為寫的是命運。像《紅樓夢》一樣，這篇小說也爲宿命論所籠罩，不管振保有沒有勇氣跟紅玫瑰結婚，結局都是悲劇，因爲佟振保個性如此，他又不能遺世獨立——你要他怎麼辦？像目前的結局，還算是不錯的呢！（這是我看了多少遍以後，得出來的一個結論。我認爲是沒有唱高調、較近人情的。）

映象之旅

——解讀〈金鎖記〉

故事大綱：

張愛玲的〈金鎖記〉一問世後即受到讀者的厚愛、批評家的垂青，許為代表作。其實這篇長達三萬六千字的中長篇，與她同樣受歡迎的〈傾城之戀〉、〈沉香屑——第一爐香〉比較之下，未必特別超強，只因此中篇像魯迅的〈祝福〉，社會意識鮮明尖銳，遂受到對此一課題忒感興趣的文評家的垂青。

像〈金鎖記〉發表不久，翻譯家傅雷即以迅雨的筆名，寫了一篇〈張愛玲的短篇小說〉，專門評述了〈金鎖記〉在藝術上的成就。十四、五年後，夏志清用英文發表的耶魯大學版的《中國現代小說史》中，以同樣的篇名〈張愛玲的短篇小說〉，概括討論了張愛玲的中短篇；無獨有偶，夏氏的那篇文章，也是以〈金鎖記〉爲討論重心。足見此中篇感人之深，是其他作品無法望其項背的。

我個人的看法是：這篇小說好雖好，可太過「徹底了」，是一部純浪漫主義——或者說，古典派的作品，與張愛玲一貫反諷的作風，不甚吻合。張愛玲在一篇散文裡說過：「這個世界斬釘截鐵的事不過是例外」，多半的事是不徹底的。〈金鎖記〉的女主角曹七巧卻是個「徹底」派，她的怙惡不悛，她爲了守住那好不容易掙來的「家當」——錢，做出了許多違背人性的乖張行爲。在張愛玲的小說裡，捨卻〈第一爐香〉中的薇龍姑媽梁太太，很難找到第二位了。

也許因爲七巧的個性太徹底了，張愛玲耿耿於懷，十來年後她改寫了七巧的故事，變成了另一個中篇《怨女》。《怨女》中的銀娣，就跟七巧不一樣，是一個改組派，也比較不像悲劇女英雄。銀娣整個的塑造，比較像一個凡人；不像七巧是個不近人情、少了一根筋的瘋子。

《金鎖記》比較像一齣希臘悲劇：七巧出身貧窮，被開蔴油店的兄嫂，販賣人口一般，賣到姜家，充當二房媳婦；只因爲二爺是個「十不全」——患了骨癆，腰子挺不起來，一般的公侯人家不肯斷送小姐的前途，只好在貧窮人家打主意，七巧不幸中選。苦於這不合理的安排全由兄嫂作主，所以讀者眼中看到的七巧，一上來便是一個怒氣塡膺的女人。這跟《怨女》中的銀娣不一樣，銀娣答應了姚家親事，放棄了小劉遣來的媒人，是她自己的主張，怪不得別人——要怪，怪她自己貪慕虛榮。所以《怨女》通篇只得一個怨字，很少像七巧那樣怒氣沖天，簡直就是《金瓶梅》裡的潘金蓮。

七巧也不是大美人，「瘦骨臉兒，朱口細牙，三角眼，小山眉」；而《怨女〉裡的銀娣卻是個大美人。姚家的三個媳婦都以美麗出名；姜家的三個媳婦卻非美女。雖不是美女，可是七巧生來是蔴油店的活招牌，能言慣道，精力充沛，很顯然是個性慾旺盛的女人。

她與害骨癆的殘廢老公生了兩個小孩——一男一女；一方面她情不自己愛上了小叔子老三姜季澤。她打着如意算盤：既然姜家老三是個出名的風流鬼，跟別人都能，跟自己爲甚麼不能？偏偏季澤，是個精打細算的色鬼；礙着兩人叔嫂的名份，他不敢胡來，所以他跟她，最多只能捏一捏腳，其他則一概免談。「多少回了，爲了要按捺她自己，她迸得全身的筋骨與牙根都痠楚了」。這是性慾施加在她身上的刑楚。七巧爲了錢，那是她「賣掉她的一生換來的幾個錢」，她咬牙切齒忍受着性慾痛苦的煎熬。七巧在精神上贏得了一座貞潔牌坊，肉體上付出的是甚麼樣的代價？

季澤在分家以後，還來看過七巧一次。表面是敍敍舊情，說着款款情話、花言巧語，實際是掇攛她去賣田，假說由他經手，來搶奪她名下的財產。聰明機智的七巧，在情慾的陶醉中清醒的看穿了這個男人的魍魎詭計，雖然兩人吵翻以後，她還是後悔不迭的責備自己：「她要他，就得裝糊塗……人生在世，還不就是那麼回事？歸根結柢，甚麼是眞的，甚麼是假的？」

經過了這一番折騰，七巧被金鎖鎖牢了：她戴上了黃金的枷，「她用那沉重的枷角劈殺了幾個人」——她的媳婦芝壽，後來扶了正的丫頭絹姑娘；「沒死的也送了半條命」——她的兒子長白、女兒長安。

人物：

金鎖記的主角，自然是七巧：至於男主角姜季澤，只不過是一名配角；到故事進行到一半，七巧的女兒長安漸漸長成了，戲也漸漸多了起來——應該看作第二女主角。長安與童世舫的一段姻緣，波浪迭起，虧長安應付得宜，應該有一個美滿的收梢。但是長安早知道，她鬥不過她母親。所以，她母親瞞着她在家中請童世舫吃飯，她明知其中有詐，卻不敢攔阻，也不敢下樓來。七巧請準女婿吃飯，只是挖她女兒的底，告訴對方：自己的女兒是個抽鴉片的芙蓉仙子。

訣別的那一場，是有點日本古典戲劇的描寫：「長安靜靜的跟在他後面送了出來，她的藏青長袖旗袍上有淺黃的雛菊。她兩手交握着，臉上顯出稀有的柔和。世舫回過頭來道：『姜小姐……』她隔得遠遠的站定了，只是垂着頭。世舫微微鞠了一躬，轉身就走了。」

這樣古典的詩意的描寫，《怨女》中是少見的。

題旨、技巧：

二十世紀初期，約瑟夫·康拉德寫了一本小說《秘密情報員》，這本小說最大的一個特點便是利用電影中「蒙太奇」的手法來展開情節，交代場景。這在電影藝術尚未充份發展完備的日子，康拉德即有了這一層認知與實踐，實在難得。也許當時電影尚在草昧時期，小說家以筆代替攝影機，在紙上創立了一種映象藝術，觀眾一卷在握，即可了無阻隔，進行一次臥遊。張愛玲的〈金鎖記〉中，無獨有偶，同樣用映象藝術來展開故事、劃分情節；這種手法我姑且稱之爲「映象之旅」。

〈金鎖記〉是一部情節緊湊、沒有冷場的紙上電影。譬如一開場的時候是三十年前的一輪明月，鏡頭逐漸逼近那月亮，大特寫幻化成一滴黃紅色的淚球，滴在一張有着「朶雲軒」字樣的信箋上，於是故事開始了。

然後是七巧房中的丫頭小雙與三奶奶的丫頭鳳簫一段冗長的對話，交代明白曹七巧的身份、出身及處境。隨即張愛玲以筆代替鏡頭，將三十年前（亦即民國初年）的上海街景，掃描了一下：

「天就快亮了。那扁扁的下弦月……像赤金的臉盆，沉了下去。……地平線上的曉色，一層綠，一層黃，又一層紅，如同切開的西瓜。……漸漸馬路上有了小車與塌車轆轆推動，馬車蹄聲得得。賣豆腐花的挑着擔子悠悠吆喝着，只聽那漫長的尾聲：『花……嘔！花……嘔！』再去遠些，就只聽見『哦……嘔！哦……嘔！』」

接下來的一場戲（由許多戲劇化的小場面組成）其實只發生在一個上午：老太太起床，三房媳婦去分別請安，鵠候在一間小小的起坐間內。三爺姜季澤來請安，與七巧捉空有一場調情戲。七巧因爲性苦悶，挑唆老太太，說二小姐雲澤「女大不中留」，早點嫁出去，免得留在家中出事，害得二小姐放聲大哭。

同日上午，七巧的哥嫂、小孩來走親戚，舊事兜上心來，七巧與哥嫂大哭大鬧，痛訴胸中隱痛。

然後鏡頭從空中照下來，用默劇方式，照見七巧在自己的房內做好做歹，破涕爲笑，然後吩咐丫頭抱出幾件新款「尺頭」（衣料）、一副四兩重的鐲子，一對披霞蓮蓬簪，一床絲綿被胎，送給兄嫂，後者在又歡喜又尷尬又靦腆的表情下收下了禮物。

鏡頭移向了窗口，兄嫂姪女的客氣道別聲漸漸沉寂了下來，張愛玲這樣寫：

「風從窗子裡進來，對面掛着的回文彫漆長鏡被吹得搖搖晃晃，磕托磕托敲着牆。七巧雙手按住了鏡子。鏡子裡反映着的翠竹簾子和一副金綠山水屏條在風中來回蕩漾着，望久了，有一種暈船的感覺。再定睛看時，翠竹簾子已經褪了色，金綠山水換爲一張她丈夫的遺像，鏡子裡的人也老了十年。」

完全是電影裡「蒙太奇」轉換場景的寫法。

這種例子在小說裡是舉不完的。

〈金鎖記〉裡寫得最完美的一次「蒙太奇」手法，是姜季澤在分家以後，特地來向七巧求愛，而實際上是騙財騙色，企圖一箭雙「鵰」，被七巧鬧穿以後，季澤羞憤交加，匆匆下樓而去，長衫搭在胳臂上。

七巧為了再看他一眼——也是她最後的愛，「……掉轉身來上樓去，提着裙子，性急慌忙，跌跌蹌蹌，不住地撞到那陰暗的綠粉牆上，佛青襖子上沾了大塊淡色的灰。她要在樓上的窗戶裡再看他一眼。」

到了樓上，張愛玲利用俯鏡，拍下了一幅詩意盎然、既甜蜜又苦澀，西洋人稱之為Poignant的畫面。

「季澤正在弄堂裡往外走，長衫搭在臂上，晴天的風像一群白鴿子鑽進他的紡綢袴褂裡，那兒都鑽到了，飄飄拍着翅子」。

七巧因為個性使然，遇事太認眞，太不肯裝糊塗，因此吃了大虧，最後瘋狂以終。可悲的一點是：她這一種犧牲是淸醒的，因為至少她知道她所要的。可是，最大的反諷是，作者似乎告訴我們：這其實並非她所要的。她要是嫁給了肉店的朝祿，或者其他的候選人，生了孩子，男人多少對她有點眞心。她可能是快樂的，甚至很幸福也說不定。

那麼，七巧所有的努力，都變成了莎翁一齣戲的名字，是「一場徒然」(Much Ado about Nothing)。

也許，這才是悲劇的底蘊吧？

眞實的人生裡，我們常常遇到類似的情景。

人生眞是如張愛玲所說的，「往往是得不償失」？

天也背過臉去了

——解讀〈桂花蒸　阿小悲秋〉

故事大要：

〈桂花蒸　阿小悲秋〉是除了〈傾城之戀〉、〈金鎖記〉以外，大家一致公認張愛玲的傑作。像她其他篇幅較短的製作，這一篇〈阿小悲秋〉也是一則「生活切片」，也同樣的沒有故事，也就是沒有甚麼情節可言。

蘇州娘姨丁阿小，在外國人哥兒達家幫傭，替他燒飯洗衣接聽電話、安排約會、推掉女朋友。時間應是民國三十年九月，因爲到了十二月八日，珍珠港事變一發生，租界裡的外國人被關進了集中營，這阿小悲秋的故事也就需要改寫了。

阿小是帶着兒子百順來上工的。她把半隻吃剩下的大麵包，拿給了兒子後，便忙着替主人燒咖啡，同時展開了她忙碌的一天。

主人哥兒達是個西洋西門慶，昨天晚上，隔壁「黃頭髮女人」請客，後來跟了過來，滅燭留髡，「女人去了之後他一個人到廚房裡吃了個生雞蛋」，補充元陽。一大早，另外一個新認識的女人已經打電話來商量約會之事了，是阿小先接聽的，爲了便於「過濾」的緣故。

第二通電話是哥兒達的舊情人李小姐打來的。主人不想接聽——他是打算甩掉她了，還是多多益善？——阿小便扯個淡「哥兒達先生她（阿小說不清楚英文裡的性別代名詞）在浴室裡。」把李小姐打發了。

好不容易也把主人打發上班去了。然後她去買菜，因爲主人要在家裡做東請新認識的女朋友。她去菜場買了牛排、珍珠米（玉蜀黍）回來。

「黃頭髮的女人」家的阿媽秀琴來替主人歸還碗盞，得便聊天，秀琴的媽在鄉下，要秀琴回鄉嫁人，秀琴不願，啾咕不休。秀琴的抱怨引起阿小的自卑，因爲阿小跟她的男人只是同居，沒有正式結過婚。

中午時分，來了兩個客：一個同鄉老媽媽，一個揹米兼做短工的「阿姐」。阿小好客，人也大方，一邊留客人吃飯，一邊聊天。百順也放學回來了。百順書唸不好，留級，阿小再要強也徒然。百順一條喉嚨滿響亮，兩個客人直嚷着說好聽，掇攛阿小讓他去學說書，「賺大錢」。

吃完飯，阿小的男人（是個裁縫）來探望她。他一來，客人也就散了。如前所述阿小跟男人不是「花燭」，但兩人聚少離多，滿恩愛。阿小蘇州鄉下捎了封平安家書來上海，「有兩句文話她看不懂」，要男人解說給她聽。

下午，阿小攤了兩塊麵粉煎餅給男人兒子吃，然後「朝九晚五」的主人回來。她男人要求晚上來「借宿」——阿小跟兒子租住了一間「亭子間」（斗室），偪仄不過，阿小是個「小諸葛」，眉毛一攢，計上心來：決心把阿順寄宿對過阿媽那兒，騰出空間接待男人。

癡心的李小姐又打電話過來，詰問哥兒達的下落，這時候，哥而達與他新女友的約會已經拉開了序幕：門鈴響，那個阿小猜是舞女的新女友已經如約而至，而李小姐的電話剛好遲到了幾分鐘。好在阿小是應付此一尷尬場面的老手。她圓滑的跟李小姐聊着天，一面說：「聽電梯響不曉得是不是他回來了呢？」這一場讀者「一目了然」的戲，張愛玲安排得相當緊湊有力，而且妙趣橫生。

主人接起聽筒，向對方絮絮灌了一番迷湯，又殷殷訂下了另一個藍橋鵲會，這才放心大膽的去赴目下的這一場巫山之會去了。

阿小也想跟她男人「燕好」，但是，下起雨來了，雖然阿小找了個天衣無縫的藉口，將阿順像實物一樣寄存到隔壁人家，滂沱的雨勢，卻使她無法順利回家，完成與男人的「一週大事」——還是兩週？

她又不憚煩的把百順領了回來，母子倆將就在廚房的大菜檯上睡下。主人半夜裡帶了女人回來喝酒，到廚房裡取冰，發現卸裝後的她「瘦小得像青蛙的手與腿」，與她白天的俏麗風韻，有一大節落差，好在他本來不想佔她甚麼便宜，並沒有失落之感。

阿小躺在黑夜裡，風雨聲中，聽到樓上新婚夫婦發生激烈爭吵，彷彿女人吵到要開玻璃門想跳樓。

第二天，秋老虎的熱浪過去，新婚的夫婦的吵架也像昨夜的一陣雷雨，一掃而過，雨過天青，還照樣請客——請的還是女家的人。

人物：

阿小悲秋的主角自然非丁阿小莫屬。張愛玲寫阿小悲秋的時候，半個世紀前（一八八〇年）誕生的法國小說家福樓拜爾已經寫出一本以女僕爲主角的長篇小說《一顆簡單的心》。福樓拜爾是以這個女傭的一生作為描摹的對象；而張愛玲則是把鏡頭瞄準了阿小的一天二十四小時（當然包括那睡眠的七、八小時）。福氏是西洋藝文界公認的寫實主義大師，他筆下的女主角菲麗惜忒(Felicite)一生關注（談「愛」似乎她沒資格）過兩個人——她雇主的女兒佛琴妮亞，她的侄兒維克多，而前者在長大後因為雇傭關係結束，對她的態度轉趨冷淡；後者則客死美國。福氏在寫實主義方面所下的一番功夫，自屬無可挑剔。然而，如果一個作家只專騖於寫實，說穿了只是雕蟲小技，不足冠以「大師」稱號。最近讀到一篇文章，作者談到福氏如何利用寫實的場景，轉化客觀的描寫，成為女主角主觀心理的狀擬；這一種「一石兩鳥」的寫法，在福氏另一傑作《政華茘夫人》中，所在多有。張愛玲的〈阿小悲秋〉，也無獨有偶，非常自然的運用了這一技巧，因為這一小節既然署名為「人物」，技巧一事，點到為止，稍後再論。

阿小是個女強人，她在故事中是自食其力的職業婦女。她精明要強，有着旺盛的生命力。主人哥兒達吝嗇成性，疑心她兒子百順的半節麵包是他廚房裡的，「主人還沒開口，她先把臉飛紅了」。冰箱裡還有半碗「雜碎」炒飯，主人不說，她也絕不去問他「還要不要了？」

阿小很急公好義，她把秀琴荐到黃頭髮女人那兒作阿媽；另外一個做短工的「阿姐」，也是阿小把她介紹給樓下一家洗衣服的。

阿小又會眼觀四面、耳聽八方：樓上一對新婚夫婦吵架，半夜三更新娘子尋死覓活大鬧，她不但感到深切好奇，還向開電梯的人打聽。要是當時上海有類似美國的ＦＢＩ，阿小是聯邦調查局首先要雇用的標準線民。

其實，阿小性格中最突出的一點，是她如水銀瀉地無所不在、無所不包的 Ubiquitous「母性」。我在許多年前所寫的一篇討論阿小的小文〈在星群中也放光〉中曾經倡言，阿小的個性中有「地母」的成份；今次仍然要三復斯言。

是的，阿小不但一上來便拖着兒子百順上場，到她到主人哥而達家上工後，她又變成了後者的「教母」，與「灰姑娘」故事中，那個讓灰姑娘美夢成眞的教母角色相埒。準此，她雖然「背後罵皇帝」，當着秀琴的面，把哥兒達貶得一錢不值，晚上準備請客的「晚宴」，主人小氣得不肯買麵粉，「甜雞蛋到底不像話，她一心軟，給他添點戶口麵粉，她自己的，做了雞蛋餅」。

李小姐打電話來，這個癡心女人，「她上次留心到，哥兒達的床套子略有點破了……她意思要替他縫製一床新的。」阿小一聽，連忙解釋爲甚麼沒有備製新的，「她對哥兒達突然有一種母性的衛護，堅決而厲害」。

哥兒達：

張愛玲像福樓拜爾，對於替故事中的角色取名字也是煞費思量（參考其散文〈必也正名乎〉?）哥兒達是個極好的例子。可以分兩方面來解釋。哥兒達這個名字的靈感，顯然來自金瓶梅。我們知道，西門慶所以能在花叢成名，端賴身懷絕技，在歡暢淋漓的高潮來臨時，可以使得對方親暱的呼一聲「達達」，因此「達達」是西門慶跌宕歡場的一種標誌，一種榮耀。二是「哥兒達」三個字稍爲騰挪一下，變成了「達哥兒」，這樣一改，立刻把的他身份矮縮了一截，在阿小眼中，他跟百順劃上了等號，等於是她的螟蛉之子；換言之，他變成了阿小精神上的兒子。百順因爲是小孩，智慧未開，一個人坐在後陽臺上，會自言自語：「月亮小來！星少來！」被阿小斥之爲「瞎說點說甚麼……『月亮小來！星少來！』發癡滴搭！」

迴觀一下哥兒達，這個四〇年代居住在上海十里洋場這個大都市的「卡薩努伐」Casanova（大衆情人），有「一雙非常慧黠的灰色眼睛……不失爲一個美男子」，而且體態風流，說「哈囉哦！」的時候，「又驚又喜，銷魂地……他是一大早起來也能夠魂飛魄散爲情顚倒的。」

在這裡，張愛玲說，阿小的反應是處變不驚的：「然而阿小，因爲這一聲迷人的『哈囉哦』聽過無數遍了，她自管走到廚房去。」

這裡張愛玲自然用的是「曲」筆，換了是百順長大了用這種「哈囉哦——」的低迷聲口打電話，安知她不會直着喉嚨罵：「甚麼『哈囉哦——』發癡滴搭！」

哥兒達明裡是「朝九晚五」的白領階級，然而他交結了這麼多的女朋友，一個也捨不得丟——連阿小他也想拐上手，但基於現實的考量，放棄了沒幹。不斷來打探消息的李小姐據阿小推斷，「是個大（闊）人家的姨太太」，送他那樣貴重的生日禮物；要不，就是歡場女子，像今天晚上要來赴藍橋鵲會的舞女。他在暗地裡從事的，不言可喻也就是今日在媒體上炒得震天價響的「牛郎」。

這一點，張愛玲並不諱言，她用這樣的字句評斷哥兒達：「他一來是美人遲暮，越發需要經濟時間（所以他相與的女人從來不過夜的）與金錢（這錢自然是女人付給他的），而且也看開了，所有的女人都差不多，（這句話反證了哥兒達是「茶花男」，是香港人所謂的「鴨」）。他向來主張結交良家婦女，或者給半賣淫的女人一點業餘的羅曼斯……他在賭檯上總是看風色，趁勢撈一點就帶了走，非常知足。」

活脫是一副「牛郎」嘴臉。

張愛玲寫到哥兒達先生的臥室：「北京紅藍小地毯，宮燈式的字紙簍，一個套着一個的大小紅木雕花几。小橱上的煙紫玻璃杯……」末了，張愛玲總括一句：「房間充塞着小趣味，有點像個上等白俄妓女的妝閣。」

無論明喻暗喻，張愛玲無非想指陳一點：哥兒達是一個從事不名譽賤業的牛郎（男娼）！

題旨、技巧：

張愛玲〈阿小悲秋〉裡想要寫的，是一個被熱（激）情沖昏（用上海話說，是熱昏）了的世界。張愛玲揀選九月裡秋老虎炎威最烈的一天，來訴說這一道德意味忒濃的故事，自有她的春秋大義在。對門阿媽在故事一開始便道：「這天可是發癡，熱得這樣！」阿小也道：「眞發癡！都快九月了呀！」立即把讀者帶進了一個被熱（激）情炙燒得無處遁逃、道德崩潰（發癡滴搭）的世界。

這便是前文所述福樓拜爾擅長運用的「一石兩鳥」、雙層結構式的寫法。這個世界不但熱情高燒，而且腌臢。抱怨了天氣的酷熱後，阿小又想起剛才擠電車時，「臉貼着一個高個子的深藍布長衫，那深藍布因爲骯髒到極點，有一種奇異的柔軟，簡直沒有布的勁道；從那藍布的深處一篷一篷發出它內在的熱氣」。

這個世界除了熱與髒（淫猥），還有殘暴：快結尾的時候，樓上新婚不到三天的夫婦，鬧了起來，「這一次的轟轟之聲，一定是女人在那裡開玻璃門，像是要跳樓，被男人拖住了。」

相形之下，阿小跟她的男人，不是「花燭」，反倒客客氣氣，相敬如賓，像張愛玲在一篇散文裡寫的，營姘（同）居生活的男女反倒活潑健康化，這自然是張愛玲一貫反高潮式的看法。

如前所述，阿小的個性內，有着「地母」的胚芽；然而，與地母相配的天公，是一副甚麼樣的模樣呢？張愛玲利用故事一開始阿小爬樓梯的瞬間，這樣告訴我們：「都是些後院子、後窗、後衖堂，連天也背過臉去了，無目的地陰陰地一片。」

丁阿小一面爬樓梯，一面聽着樓下浮起的各種市聲，可惜的是，它們「都恍惚得很，似乎都不在上帝心上，只是耳旁風。」

張愛玲言外之意，似乎想說：這是一個被上帝（天公）遺棄，背過臉去，羞於面對的世界，像舊約聖經裡的撒旦(Sodom)城，正在等待一把天火將它燒成灰燼。

在這裡，地母發生的作用是微乎其微的。何況，阿小是現代小說裡的「地母」，人性也像秀琴的，李小姐的，是「寒天飲冷水，點點在心頭」的；她撫平別人創傷的力量，還不如深夜裡聽見的小販的歌，因為「小販的歌，（卻）唱徹了一條街，一世界的煩憂都挑在他擔子上。」

這是典型的張愛玲式的詩意書寫。少了它，她的文章就不會那麼精彩了。

天公像是還有點正義感的，雨越下越大。「天忽然回過臉來，漆黑的大臉（像包公一樣），塵世上的一切都驚惶遁逃，黑夜裡拚鈴碰隆，雷電急走。痛楚的青、白、紫，一亮一亮，照進小廚裡。玻璃窗被迫得往裡凹進去。」

天公像在那兒「夜審潘洪」般，用一條皮鞭刑訊哥兒達這個花心浪子，還有圍繞在他周遭尋求他雨露均施的那些蕩婦淫娃嗎?

〈阿小悲秋〉故事開始前，有幾句開場白，作者假設是炎櫻說的：「秋是一個歌，但是『桂花蒸』的夜，像在廚裡吹的簫調，白天像小孩子唱的歌，又熱又熟又清又濕。」

這段開場白眞可謂「發癡滴搭」，它有它天眞的一面，因爲像極了是一首兒歌：不知所云。正因爲它不知所云，越發加強了故事散發的「熱（激）情、荒謬、發癡滴搭」的主題。

天盡頭，何處有香坵？

——關於張愛玲的一點贅語

很多人笑說我是張（愛玲）迷，過世的唐文標甚至嗤之以鼻，貶稱我爲張「癡」。趁着「張愛玲未完」這個趨勢尚未完全開到荼蘼的時刻，讓我平心靜氣的回顧一下，我之所以成爲「張迷」的原因，也許不會又有讀者搖着頭笑着指着我的鼻子罵：「無聊！」（罵我的文友不在少數，這是事實。）

這都要怪我小的時候住在上海。

那時候，民國三十一、二年，上海整個淪陷了，即連租界也是，但是，不可思議的，張愛玲一夜之間紅了起來，彷彿我認識的親友都在談論張愛玲，說她怎麼樣怎麼樣。

上海那時候流行一種方型的小報，羅賓漢、鐵報……。表面上，這類媒體標榜以「消閒」爲鵠的，其實是滿足一般讀者的偷窺心理，揭發名人（特別是女人）的隱私。張愛玲既然成了名，順理成章是名女人；她的倩影以及一些生活上的瑣事，不可避免會在小報上出現。

記得有一次，小報上報導她在一家美容院裡跟人打賭，不知是不是炎櫻？居然反穿着一件白色號衣走到大街上來。

又有一次，在蘇北老家，頗具文藝青年氣質的大表哥搖着頭，老氣橫秋的說：「張愛玲囉唆！」

「囉唆！」用蘇北的家鄉話一說，特別的印象深刻。看慣了巴金、茅盾小說的讀者，的確會嫌她囉唆。

那時候，我才不過十歲。

我也學着大人，生吞活剝她的短篇，記得有一篇寫法國梧桐的葉子，掉到地上，「落地還飄得老遠。」

多年以後，把《傳奇》讀熟了，方才憬悟到那則短篇叫〈留情〉。

民國四十二年左右，她寫的〈秧歌〉在香港美新處出版的《今日世界》連載。《今日世界》是當時非常流行、叫好又叫座的雜誌，每一期的封面都是一張漂亮的女明星的照片，有時也有中國小姐的照片，像劉秀嫚、今日行政院長夫人連方瑀女士都上過《今日世界》。記得有一次登的是小咪李麗華，她穿一襲薑黃色的合身旗袍，戴着大大的淡墨色太陽眼鏡，旁邊站着的是好萊塢影帝克拉克蓋博（「亂世佳人」裡的白瑞德船長）。

這張照片眞是珠聯璧合，風華絕代，「雖未絕後，敢誇空前」。

那時美國之富，天下第一。在這樣華美的雜誌上，閱讀張女士抒情性濃郁的中篇〈秧歌〉，是一種享受。

同學中有位趙君，又寫詩又寫小說，是位才氣十足的青年作家，看見我劈頭便說：「〈秧歌〉裡盡是聲音。」一語道破了〈秧歌〉的淒美神韻。我謹記至今，受益匪淺。

感謝我自己這一種選擇性的記憶力。「回憶是讓人能夠活下去的唯一的理由。」最近讀過的一本華特·本傑明的書上，這樣告訴我。

那時候還有位紅牌作家徐訏，他寫的〈盲戀〉轟動一時，也是在《今日世界》上連載的。我也一樣迫不及待的看，但是我並沒有像張女士看新聞報上連載的顧明道的小說〈明日天涯〉，「一面看一面罵下去。」她又說小說有一種「最不耐煩的吸引力。」（見《流言》）

〈盲戀〉爲今日世界編者讚說是「媲美囂俄（一作雨果）浪漫派的作品」。同學中有位姜君，是我中學時的同班同學，日後常常在時報系列撰寫方塊專欄的那位，也衝着我說（記得是一同接受預官軍訓的時候）：〈盲戀〉的自卑心理寫得很好。」

可惜我那時雖然也看書，可道不出書的好處來。

當然，老同學姜君這句話我也記住了。我後來變成一個職業性的讀者，是在柏克萊攻讀比較文學時學會的。不去柏克萊，我大概到今天還是一名「半票」讀者。

我是一九七〇（民國六十九）年到美國，先去愛荷華作家工作室（一作「寫作坊」），翌年到了剛才提到的柏克萊加州大學。聽說張女士也在陳世驤教授「幕」下，於是心心念念、千方百計想去訪問她（那時她在去加州前，已經在波士頓接受了今日《天下》雜誌發行人殷允芃女士的訪問）；從九月開始，磨磨蹭蹭，耗到第二年春天，差不多快半年年了，打電話（那時候她還接電話）、寫信、寫「便條」（張女士的術語），折騰了許久，都得不到肯定的答覆，我想大概絕望了。

她接電話的聲音，總是慢呑呑的，彷彿宿睡未醒，像是「葉上初陽乾宿露」。

於是我寫了篇〈尋張愛玲不遇〉，文長一千五百字，同時刊載在香港《明報》月刊，以及國內中國時報上。指導教授陳世驤看到了，斥之爲「無聊！」是我爲張愛玲挨罵的第一聲。

不過鬧到後來，陳世驤老師也逝世了。是五月裡的一個夜晚，張女士終於在她柏克萊的公寓裡接見了我。

那是一九七一（民國六十）年。

結果我寫了一篇〈蟬——夜訪張愛玲〉發表在中國時報人間版。本來還想在香港明報月刊同時刊出的，因故未能如願。

〈夜訪〉原文要長些，張女士指明要看看原稿，因爲寫的是她。稿子寄了去，她很快寄了回來，並且刪去了一些她不願意讀者看見的「癡語」（紅樓夢語）。書信的原文將來經過整理，可以發表，應該算是張學研究的材料之一。

夜訪中，有許多話遺漏了（當時錄音機、照相機都不普遍），不過既然是張女士說的，理屬精彩。譬如我說，編者的權力很大，可以捧紅一個作家，也可以把一個紅牌作家冷藏起來——甚至打入冷宮。

張女士頗不以爲然。她說寫文章是作者與讀者的事（因爲作者有話要說），與編者何干？

言下之意，她甚爲鄙夷編者。

所以《對照記》的最後一句是：「……能與讀者保持聯繫」。

我認爲作者——編者——讀者之間是個等邊三角形，三者同樣重要，所以文壇上常常聽說某某人是名編。

信手拈來的例子是北京晨報副刊的編輯孫伏園。

我又說，要不是共產黨這麼快佔領了大陸，她可能還會有更多更好的作品寫出來。這番話她聽了也並不以爲然。她說與其讓許多人受苦，還不如少寫幾篇文章吧。她心平氣和的說着，既不自卑，也不自傲，更沒有自憐。

至於她爲甚麼打開了公寓大門讓我去採訪她，至今我猶未能全然打開疑團來。唯一差強人意的解釋是：第六感豐富的她，預知這個人，將來一定會寫出許多篇有關她作品的文章。

她的第六感幾乎可以稱得具備「靈異性」。夜訪時，我的問題一開始，或者說了一半，她便答出來了，實在令人詫異。她的行爲也往往令人猜不透，摸不着。但是我想：解鈴還需繫鈴人，有時熟讀了她的作品，也許可以找到一絲端倪，一點曙光。譬如說，很多人不解，爲甚麼她可以在洛杉磯西區的一所公寓內，既無家俱又無床鋪的一住住上五、六年？難道她心甘情願自苦如此，像苦行僧那樣？

她寫的短篇〈浮花浪蕊〉，女主角洛貞從上海逃亡到香港，初時的生活也是這樣。洛貞坐在地板上，周圍堆滿她的日用品、罐頭……，像擺地攤一樣。別的房客經過洛貞打開的房門口，「人不堪其憂」，又說「她丟了上海人的臉」，她卻「回也不改其樂」的坐在地上，我行我素。

證諸她最後幾年在洛杉磯隱居的生活，當年的洛貞，也就是張愛玲她自己。她最後重複一下她過去在香港的生活行徑，值得大驚小怪嗎？

她選擇「撒骨灰」這樣一條路來安排自己的後事，也是其來有自的。她熱愛《紅樓夢》，崇拜曹雪芹。《紅樓夢》書中，黛玉的自輓詩葬花詞這樣說：

天盡頭，何處有香坵？

眞是一點都不假，張愛玲的最後歸宿，也跟黛玉一樣，是「天盡頭，何處有香坵」的。

寶玉也常常把「化灰」這兩個字掛在嘴邊。「化灰」是寶玉的口頭禪。她眞是毫不愧疚的做了曹雪芹的忠實信徒。

黛玉又曾經在與寶玉談禪的一章說過：「無立足處，方是乾淨。」

她的死是一無遺憾的。然而，後死的我，不免要仰天長嘆：

此後，我再也讀不到您親自校閱又親自付郵的精心作品，並且斗膽替您妄作解人了。除了古人，世上今日，還有幾人能夠寫得出與您等量齊觀的作品來呢？

我們唯有引領翹盼張愛玲「化蝶歸來」的「轉世」。

難道世上眞有同樣精彩的《紅樓圓夢》、《續金瓶梅》？

可惜，我自己卻等不得那麼久了。

戰火與雨的賜予

——解讀〈傾城之戀〉

前言、內容大要：

〈傾城之戀〉毋庸置疑，是張愛玲小說中最受歡迎的一篇。其受歡迎的程度，遠遠超過她的成名作〈金鎖記〉，主要原因是〈傾城之戀〉寫的是喜劇。張愛玲在一篇題名為「寫〈傾城之戀〉的老實話」的「自供」中說：「〈傾城之戀〉似乎很普遍的被喜歡，主要的原因大概是報仇吧？舊式家庭裡地位低的，年輕人，寄人籬下的親族，都覺得流蘇的『得意緣』，間接給他們出了一口氣。」所謂「報仇」，就是「反高潮」，「不按牌理出牌」，出險招，像聖經裏大衛王戰勝了獨眼巨人高萊亞 Goliath 的故事，這一類故事，張愛玲統稱之爲「傳奇」。與唐人的傳奇恰恰相反：她筆下的「佳人」白流蘇不是二八佳人，是一個離了婚、接近三十的怨婦；而流蘇的對象范柳原也不是甚麼才子，雖然他如張愛玲在「老實說」中所言，「豪富、聰明、漂亮」，可是年紀大了點，至少接近三十三歲了，而且「閱人多矣」！充其量不過是名浪子，西洋人所謂卡薩諾伐 Casanova 型的風流情聖。

張愛玲一生最愛的兩本書是《紅樓夢》與《金瓶梅》。〈傾城之戀〉中的男女主角有着西門慶、潘金蓮的影子，自不待言。但是張愛玲沒有把〈傾城之戀〉寫成《金瓶梅》式的悲劇。她是抓住了《金瓶梅》的原型，經過一番裁剪，剪出了自己的花樣。這一種才藝的表演，西洋人有一個名稱，喚作「派樂地」Parody。

「派樂地」絕對是一齣喜劇，所以我們欣賞派樂地（有時譯成「歪改」）

的傑作時，因爲胸中有原作的圖樣在，往往覺悟到作者「歪改」的精義所在，因此發出會心的微笑，甚至會捧腹。像張愛玲在〈笑紋〉一文中所說，「笑得直不起腰來。」

〈傾城之戀〉的故事，仔細想想，發生的可能性甚小，但是別忙，因爲這是喜劇，我們是寧可信其有的。我想這也是第一位寫文章肯定張愛玲成就的傅雷先生不喜歡它的一個原因。〈傾城之戀〉太過「華美輕巧」，所以傅雷在那篇〈論張愛玲的小說〉評文裡，說「〈傾城之戀〉的華采勝過了骨幹」，又說作者「對人物思索得不夠深刻，生活得不夠深刻；並且作品的重心過於偏向於頑皮而風雅的調情。」傅雷之所以寫出這樣負面的批評，種因於他對於西洋喜劇的體嘗不夠——也可能是淺嘗即止，所以有點妄作評人。我猜，傅雷對於西洋屬於「歪改」一類的文藝作品，一定少有涉獵，否則，他一定會更加欣賞〈傾城之戀〉這一類「歪改」體制的作品。

中國作家筆下的作品，很少有「派樂地」這一類型的。主要的原因是作家要求自己文以載道，不肯把文學當作一種純藝術，不肯「遊於藝」，把藝術當作一種遊戲看待，那兒會有「派樂地」的作品？

〈傾城之戀〉是的的確確做到了「遊於藝」這一點的。

〈傾城之戀〉是可以和王爾德的一些馳名的喜劇相提並論的。

〈傾城之戀〉的故事，像張愛玲所有的小說，三言兩語便說完了。白流蘇是個二十八歲離了婚的婦人，住在娘家，有一晚，有位媒婆型的徐太太來報喪，說她前夫死了，兄嫂本來都嫌她，這時攛掇她回到夫家去「守寡」，為她峻拒，因此吵了起來，差點沒把她趕出家門。

徐太太其實一石兩鳥，此行一方面是來替流蘇的妹子作媒，對象是一位名喚范柳原的花花公子。相親的那天，流蘇被拉去當陪客，因為她會跳舞，結果被柳原相中了，撇下了她的妹子來追求。

柳原追求流蘇採取的是迂迴戰術，假托徐太太出面請她去香港物色對象，實際是他暗中出資，想使流蘇墮入他的愛之彀中。

到了香港，流蘇立即碰見了柳原，也使她馬上憬悟到這是柳原暗中導演的一齣戲，而她成中戲中的女主角，於是她跟他扮演了一場推拉進退、類似探戈舞步的戲。而這場戲的要旨是，她要避開一般女人在類似情形下遇到的難題，那便是，在他沒有向她正式求婚前，她既不想讓他「先姦後娶」，也不要給他機會「始亂終棄」。

這兩點說來容易，做起來卻困難重重，像希臘神話中的兩座險岬，結果爲流蘇用超人的毅力勇氣——當然還有聰明機智，履險若夷的通過了。

流蘇成功了，像〈傾城之戀〉結尾時所寫的，「流蘇離了婚再嫁，竟有這樣驚人的成就」，所以，流蘇的四嫂有樣學樣，居然鬧着想跟流蘇的四哥離婚，當然，流蘇的成功是千中挑一，像買彩劵一樣，不是個個都能中頭獎。

張愛玲也深深了解到她寫〈傾城之戀〉，寫的是一齣喜劇。這個玩笑開大了，當不得眞，所以她趁〈傾城之戀〉改編成舞臺劇時，借〈羅蘭觀感〉這篇小文，代〈傾城之戀〉說出了幾句抱歉的話：「流蘇的失意得意，始終是下賤難堪的，如同蘇青所說：『可憐的女人呀！』」

要是張愛玲眞的相信流蘇成功了，攫得了衆人眼中虎視眈眈的戰利品——柳原，何來下賤難堪？

從反面觀之，〈傾城之戀〉的故事，信則有之，不信則無。這便是喜劇。謂予不信？且聽我在後文中再申論之。

人物：

〈傾城之戀〉寫得最成功的，當推女主角白流蘇。白流蘇在小說中，被范柳原稱讚爲「你的特長是低頭。」但是，當流蘇順水推舟，假意承認自己是「頂無用的人」時，柳原又叮上一句「無用的女人是最最厲害的女人。」

柳原是了解流蘇的，要是流蘇眞的呆呆的，只會對男人低頭，柳原也不會看上她——儘管柳原曾經滄海難爲水，對她倒是一見鍾情的。

張愛玲深怕讀者看不懂這一點，一方面，在小說裡，她讓流蘇陪柳原在香港飯店跳舞時，心裡暗想「如果我是一個徹底的好女人，你根本就不會注意到我！」一方面，她又利用剛才所提那篇〈羅蘭觀感〉，點明「流蘇實在是一個相當厲害的人，有決斷，有口才，柔弱的部份只是她的教養與閱歷。」又抱歉的加上一句：「這彷彿需要說明似的。」

的確需要加以說明。這一點不但一般的讀者看不懂，連十年前把〈傾城之戀〉搬上銀幕的編劇跟導演也看不懂——相信他們沒有看過張愛玲的那篇「夫子自道」。所以銀幕上的白流蘇，變成一隻軟腳蝦；一面倒的「歪改」下，白流蘇也就變得像風中的楊柳，一味低頭搖擺，眞的直不起腰來了。

流蘇的這場愛情戰爭打得最艱苦的一點，是她弄不清楚柳原是眞的愛她還是逢場作戲，雖然柳原瘋言瘋語道着「我愛你！」這種愛的箴言有時會像《西遊記》裡的緊箍咒，唸起來只有使她頭疼；連一天半夜裡，柳原打給她示愛的電話，她都疑心是一場夢，不是眞的。原因是柳原眞眞假假，太令人難以捉摸了。

但是，有一點流蘇堅守不變的，便是不管柳原愛不愛她，她絕不輕易把自己的身體豁出去，這就是她在淺水灣飯店裡那場午夜交心的對話裡說的：「初嫁從親，再嫁從身。」她想，「就算她枉擔了虛名，他不過口頭上佔了她一個便宜。歸根結柢，他還是沒有得到她。」

這是再嫁從身的白流蘇，最與衆不同的一點。這一點連《金瓶梅》裡的那些「回頭人兒」也要自嘆不如的。張愛玲在小說開頭沒有多久說過：「流蘇的父親是個出名的賭徒……流蘇的手沒有沾過骨牌與骰子，然而她也是喜歡賭的。」

「她決定用她的前途來下注」，在全盤看來快要輸光的刹那間（她在家中人視同敝屣的眼光中，從香港回到上海），柳原終於棄械投降。在睽隔了三四個月後，從香港遞上了一份「降表」（電報）：「乞來港。船票已由通濟隆辦妥。」

流蘇回到香港，又引起一段曲折的故事，並沒有直接同柳原結婚。這一段波折，留待「技巧與主題」一節再陳。

其實，流蘇最厲害的一招，是她不但善於守，也長於攻。在第二次回到香港的晚上，原來住過的房間內，他們終於發生了第一次的關係。一個禮拜後，柳原說英國有點事要他去辦，要一年半載才能回來，流蘇似乎又掉進「先姦後娶」、「始亂終棄」的陷阱裡去。其實不然，柳原的那封電報，是流蘇全家的人（包括流蘇的母親）都「寓目」過的，柳原不得不負起責任來。還有一點便是，流蘇的床戲，可能演得比《金瓶梅》中任何一位女主角都精彩。

如是今日作家將會不吝筆墨，在流蘇的床上工夫上，大大的作文章。我記得許多年以前，有位相當有才氣的女作家寫過一篇小說《咆哮山莊》中可能遺漏的一章〉。今日的小說新秀，也有一項新的挑戰，便是替張愛玲補寫〈傾城之戀〉中遺漏的一章。

流蘇這一番攻勢，一個禮拜下來，柳原果眞招架不住，整個繳械了，所以張愛玲不但不替流蘇擔心，反而說：「他果眞帶着熱情（注意「熱情」這兩個字，是要加上雙圈的）的回憶來找她，她倒反而變了呢！」

流蘇的前夫原是個風流人物，別人都說他「不成材」，又教流蘇學會了跳舞，床第功夫想必也是一流的，所以流蘇自省的時候也承認，自己「不是一個徹底的好女人！」

果不其然，一個禮拜後，珍珠港事變爆發，香港淪陷，柳原冒着砲火的危險來找她，兩人在香港的圍城中終於發現，他們是緣訂今生的愛之伴侶。

柳原這一角色，在小說中甚少正面的書寫，也難怪傅雷責怪張愛玲「對人物的思索不夠」，害得年輕的張愛玲，也猶猶疑疑的在〈老實話〉中承認，「男女主角的個性表現得不夠。」其實，一開始，我們就覺得，柳原對流蘇是「一見鍾情」的，但是柳原相與的女人太多，久而久之，把「女人看作腳底下的泥」。他要求流蘇眞正的愛他，所以給了她很多試煉，也讓流蘇受了許多煎熬。也許流蘇眞像張愛玲在〈老實話〉裡說的，「她始終沒有徹底懂得柳原的爲人」，但是她有一點「出擊」得非常瀟灑漂亮，便是她的「守身如玉」。這使得在衆香國中任意馳騁的柳原，不禁由衷的吃驚，終於肅然起敬：對方是一位講究原則、規矩的女人。柳原發現，流蘇不是人盡可夫的交際花，也不是姨太太胚子；否則，她盡可以製造機會，讓柳原佔有了她，藉此敲詐一筆錢，然後一拍兩散。這樣的賤價女人，柳原遇到太多了，所以世故精明的他，不得不對流蘇作出一次又一次近乎殘忍的試探。

要說柳原的塑造中，眞有甚麼缺陷的話，那是此人有時未免太過文縐縐了，譬如他在深夜跟流蘇的電話交談中，引述詩經中「死生契闊——與子相悅，執子之手，與子偕老」的話；以及帶着流蘇出遊，看到一堵牆，又說出「這堵牆不知爲甚麼使我想起地老天荒那一類的話來。有一天，我們的文明整個的毀掉了，甚麼都完了……也許還剩下這堵牆。」故事快結束的時候，看到小鐵門口挑出的一塊牙醫招牌，背後是淡墨色的空靈的天，柳原忽然又發出空靈的議論來：「現在你（指流蘇）該相信了：『死生契闊』，我們自己那兒做得了主，轟炸的時候，一個不巧——」

這樣的場面，說上這樣一段哲學性的話，不但「教養與閱歷」兩皆「柔弱」的流蘇聽不懂，我們讀者也不懂。這都是作者藉着角色的口在那兒發議論呢！這樣一來，主題的確突現了不少，卻也暗中斲傷了柳原這一角色的可信性。

技巧、主題：

在前言一節，我曾經倡言，說〈傾城之戀〉是一篇「派樂地」體制的作品。換言之，這是一齣喜劇。所謂喜劇，便是「天從人願」As You Like It，這也是莎士比亞一齣喜劇的名字。流蘇自邂逅上柳原後，遇見許多人為的挫折，像是柳原對她的猜忌與不信任，還有常常在他身旁出現的薩黑夷妮公主，的確是好事多磨。但是，天成的佳偶是外力打不散的。我們知道，雨在張愛玲的小說裡，一直是敗興的象徵，像是前幾次已經論列過的〈留情〉、〈紅玫瑰與白玫瑰〉，雨不但敗興，而且是不祥之物。但在〈傾城之戀〉中，張愛玲卻反其道而行，給「雨」來了一個大翻身。像是流蘇與柳原在香港的海灘上，因為彼此捉沙蠅對打，鬧了一點小彆扭，各自分開；流蘇下不了臺，只好藉口傷風，「在屋裡坐了兩天。幸喜天公識趣，下起纏綿雨來，越發有了藉口，用不着出門。」

無獨有偶，馮夢龍寫的《三言兩拍》中，有一篇小說〈吳衙內鄰舟赴約〉，也是一篇天公識趣的故事。吳衙內父親的船，與賀秀娥小姐尊翁的船，也是因爲一場暴風雨，兩船相值，造就了一段兩小無猜的姻緣。尤其令人吃驚的是，連賀小姐所作的噩夢也是幫她忙的，因爲她夢見自己忘了收起吳衙內放在她床下的那雙鞋，因而姦情敗露。夢醒後她立即收起了那雙鞋，於是順利的避過了母親的查詢以及可能發生的災禍。

流蘇第二次到香港，「范柳原在細雨迷濛的碼頭上迎接她。」這樣，「對影成三人」。哦，雨原來是流蘇的一個好朋友。

把不好的寫成好的，是反諷式的一種寫法，也是「派樂地」（歪改）喜劇式的寫法——喜劇往往是這樣的。

又像戰火，所謂「兵者，不祥之物也」，到了喜劇中，佳人不但沒有因爲戰火送了命，像〈長恨歌〉中的楊貴妃，反而靠着它成全了好事，獲得了新生。珍珠港事變不前不後，要在流蘇抵達香港後的一個禮拜爆發，要是換了任何一個時間發生，都可能打散流蘇的如意姻緣，那時候，流蘇再聰明伶俐，也奪不下柳原這個爲衆人覬覦的理想夫婿。連戰火也在那裡暗中助她一臂之力，像〈鄰舟赴約〉中賀小姐的噩夢。「天作之合」在〈傾城之戀〉是應該作這樣一番反諷式的解讀的。

〈傾城之戀〉因爲是喜劇，不該太追究主題。細細審視一下王爾德的〈不可兒戲〉，除了那故作天眞的連珠妙語，人物都是漫畫式的粗枝大葉。而〈傾城之戀〉是精緻的喜劇，張愛玲除了塑造了一個栩栩如生的白流蘇、半個薩黑夷妮公主，還給了我們一些「華美的羅曼史，對白，顏色，詩意……連『意識』都給預備下了。」見〈老實話〉）

喜劇的一個眞諦，便是「娛樂」第一，其他都不必當眞。派樂地（歪改）的作品，尤當作如是觀。

「張愛玲現象」，在大陸

張愛玲女士去歲九月逝世後，在國內、香港、海外文壇引起的震撼影響，波濤壯闊，自不必說，不過這都是有邏輯可循之事。因爲她自五〇年初離開大陸、稍後又移居美國後，與「境外」周邊的中國始終文字結緣，香火不斷；唯獨與「境內」的中國，卻是斷了蹊徑塵緣，是無跡可循的。然而，深具弔詭性的一點是，她的死卻在大陸——特別是她眞正成名之地的上海——卻引起了極大的轟動。爲什麼在大陸會牽引出一種「張愛玲現象」Eileen Chang Phenomenon？我因爲不是居住在那兒，無法妄擬，我只能就手頭僅有的一點資訊——上海出版的新民晚報作一番客觀的統計與報導，用饗「張迷」以及關心藝文現況的讀者。

手頭的新民晚報，是洛杉磯的傳眞版，與在上海發行的母版，時間上相信一模一樣，除卻在洛城當地些微的一點廣告空間。新民晚報每月都有追悼她的文字，或者有關她新書出版的消息。大陸知名作家王蒙在一篇雜文〈電話與寂寞〉裡的說法可作見證：「(而)她的死在我們這塊差不多人人不寂寞的土地上掀起了多麼大的不寂寞啊！這個報半版，那個報一版，絕世風華，一代才女，淒美神秘，世界級（？）大家，甚麼詞都用上了，全征服了，全傾倒了，除了李子雲一人而外，沒有一個人對張愛玲有一點保留。」（載《夜光杯》副刊十月二十九日）

王蒙這篇文章，是替大陸風起雲湧的「張愛玲現象」，作一番註腳而已。早在九月中旬，余秋雨先生就在《夜光杯》撰文，題名〈張愛玲之死〉，據余先生說，張愛玲逝世後，外國報紙（相信不是馬來西亞，便是新加坡）立即打電話到上海，要他說說感想，他便寫出了這篇短文——不知是不是同步刊載在外國的華文報紙上？他用冷雋的筆調，說世人熙熙攘攘，不讓張女士死後安享她固守的一份煢獨，實在不智，也過於把死者世俗化了。此刻，他執筆的時候，他說，張女士的魂靈也許正飄浮在上海的夜空，下望着滾滾紅塵爲她的死而引起的紛紛擾擾，一定會啞然失笑的。

這不是張女士說過的「雲端裡看廝殺」嗎？因爲殘忍，她嘴邊勾起的笑意，應屬「苦笑」吧？（苦笑也是一個她慣用的詞彙）

十月裡，除了王蒙那篇雜文，較早的時刻（二十三日），《夜光杯》刊出了兩首悼念張女士的七律舊詩，一首是知名紅學家周汝昌所寫，另一首用的是筆名風人，相信也是太「知」名而不具。兩首都有傳抄的價值，如下：

遙祭張愛玲

周汝昌

疑是空門苦行僧，卻曾脂粉出名城。
飄零碧海灰能化，寢饋紅樓恨未平。
附骨有疽遺痛語，卓錐無地抱深情。
誰知此日紛騰譽，不見心靈說字靈。

挽張愛玲

風人

風華絕代傾城戀，海外飄零只自哀。
卅載杜門人不識，一椽陋室葬奇才。
室爲懸罄四壁虛，一瓢猶覺是多餘。
哀歡何必與人說，生死只戀（想？）大地知。

周汝昌在詩中引用了張女士在《紅樓夢魘》序文所說的，「紅樓夢未完還不要緊，壞在狗尾續貂成了附骨之疽——請原諒我這混雜的比喻。」

張愛玲像某一派的紅樓學者——不知周汝昌是不是也是屬於這一派的？即是不承認高鶚續紅樓的功勞，且進一步認爲後四十回把前八十回弄糟了，等於是「替維納斯裝上了義肢」，要多難看有多難看，所以張女士在「十年一覺迷考據」中，下定決心要「洗出紅樓的眞面目」，這才有「狗尾續貂成了附骨之疽」的感嘆警句——也就是周汝昌在五、六聯所詠嘆的。

尾聯「誰知此日紛騰譽，不見心靈說字靈」，似有套用《三百首》中李商隱〈賈生〉七絕尾聯之嫌，那尾聯是「可憐夜半虛前席，不問蒼生問鬼神」。另，「心靈」、「字靈」語意曖昧含混，不知何指，順便就教方家。

「風人」不知是不是柯靈先生的化名？因爲他對張愛玲的作品太熟稔了——簡直熟極而流，《傾城之戀》不說，那是人人皆知，沒有什麼「稀奇弗煞」；

但《對照記》中張女士動身赴美之前，在香港蘭心照相館留下的一幀小鳳仙裝的麗影，背面張女士提款的兩行杜甫名句「悵望卅載（杜詩原作係「千載」二字）一下淚，蕭條異代不同時」，「風人」在「頸聯」（二、三聯）中也暗「點」了出來，可見作者與張女士交情之深了。

十一月，有兩本討論張愛玲的新書出版，一本是華東師大陳子善編撰的《私語張愛玲》，浙江出版社發行，內容是臺港兩地有關張愛玲的「書寫」，選錄了近三十年來討論張氏本人的文章，包括林以亮（宋淇）、鄭樹森、王禎和和本人的一些作品。新民晚報沒有作特別介紹（是陳子善送我一本方才得知），作出「新書介紹」的是南昌大學一位教授胡辛女士所寫的《最後的貴族——張愛玲》，由二十一世紀出版社印行。本書的特點，根據廣告詞彙的形容是「作者以細膩的筆調在書中還原了一個可信的張愛玲」。

十二月十八日，在《文學角》這一版，辛殳列舉了一九九五年文壇十大

「熱點」，其中第九點赫然便是張愛玲病逝異域。辛艾這樣寫：「張愛玲再度成爲熱點。由於張愛玲的去世，她再度成爲人們關注的對象，學術界也以她爲重點來思考市民社會問題。」

最後一句頗堪玩味。多年來，在大陸，毛澤東打游擊戰時的一句名言是：「以農村包圍都市。」影響所及，「小布爾喬亞」意識形態的都市文學也不受重視，甚至批判「滅頂」。像張愛玲在散文中公然自承衣襟上別着「小市民」紅綢條子的作家，一夜之間忽然走紅，受到學者的垂靑討論，豈非甘冒天下之大不韙嗎？——還是「兜了個圈子，又走回來了，」像大陸這一陣流行的懷舊電影〈搖啊搖，搖到外婆橋〉、〈人約黃昏〉？

同月二十九日，《夜光杯》刊載了關鴻所撰《永遠的張愛玲》序——〈張愛玲的傳奇故事〉，序文特別強調，「它不是由第三者根據第二手材料編出的故事，而是由張愛玲的親人和朋友講述自己的親身經歷與張愛玲的交往。」

這些相關人包括張愛玲乃弟張子靜，還有張愛玲的老朋友柯靈、龔之方先生。序文又說龔先生對張愛玲在上海最後幾年的生活，提供了一些關鍵性的細節（這一點頗值得「張學」研究者注意）；又說，龔之方爲了這件事，「抱病趕到上海，與老友桑弧先生共同回憶往事，爲本書趕寫了這篇文章。」這樣「奇異的鄭重與尊重」（張女士語），張愛玲若是在「太虛幻境」一不小心聽見了，一向善於察言觀色（「聽口氣」是她的一個口頭禪）、自貶自抑的她，恐怕也要像她在〈華麗緣〉所寫的，「雖然我是連感慨的資格都沒有的，還是一陣心酸，眼淚都要掉落下來了。」

到了今年元月十三日，又有一篇〈也談張愛玲之死〉的小文出現了，這一篇是負面的，又把那第一位「負心人」從但丁的煉獄裡提了出來質詢了幾句，又義正詞嚴的海罵了幾句，什麼「變色龍」加上「小爬蟲」；又猜度「女士當年也許是幼稚受騙」，把張愛玲看成了《半生緣》裡情非得已、柔弱的「小可憐」顧曼楨小姐。

新的一年還剛開始，照這樣推演下去，果眞要像她自己在《金鎖記》裡寫的：「三十年前的月亮早已沉下去，三十年前的人也死了，然而三十年前的故事還沒完——也完不了。」

（註：套用張女士自己的倒裝語句，見《秧歌》：「她從來沒有跳過舞。她的祖先也有一千多年沒跳過舞了，在南中國。」）

那灰鼠鼠的一片

——解讀〈茉莉香片〉

一

張愛玲像林黛玉一樣，歸入警幻的冊子後，紛擾的塵世，爆出了許多有關她的書和文章。在她早期成名之地的大陸（包括上海），短短的三個月內，即有《私語張愛玲》、《作別張愛玲》、《永遠的張愛玲》、《最後的貴族》等書出版。至於國內，元月份的皇冠雜誌刊載了張女士遺囑執行人林式同所撰的一篇長文〈有緣得識張愛玲〉，又有張子靜口述、季季潤筆的《我的姊姊張愛玲》出版。忝為張迷，這些大作，像是最後兩本，還有華東師大陳子善編的

《私語張愛玲》，我都一一拜讀了。

林式同的〈有緣得識張愛玲〉，揭露了張最後四年在洛杉磯隱居的生活現狀，拜讀之下，不覺得有甚麼詫異——這就是我認識的——甚至可以說是熟識的張愛玲。她晚年爲各種病痛所苦：牙痛、皮膚病、感冒、眼睛痛；並且秉持一貫的自謙、替人着想，不到逼不得已的時候不麻煩別人的作風。愛美——對世上美麗的事物出奇的敏感與喜悅，但依舊淡淡的，不想自私的據爲己有。她的愛美兼及自身，所以在去世之前的一年美過一次容；又無緣無故添置了許多新衣，所以我喜歡的一張照片，是皇冠上張女士衣橱的一角，那是〈第一爐香〉裡薇龍也擁有過的衣櫥。在這色彩鮮艷綾羅綢緞的洪流裡，張女士流連忘返，度過她一生的豐富之旅。

曹雪芹說過，「花容月貌爲誰妍？」這句詩張女士一定熟讀了的，並且試着替這句詩尋出了答案，那便是「花容月貌爲己妍」，所以張愛玲到了「晚年唯好靜」的年齡，仍然要美容，仍然要添置上海人所謂的「行頭」，也就是「翻行頭」。一般人若問：「穿給誰看？」張女士會慢條斯理、心平氣和的回答：「穿給自己看。」〈傾城之戀〉裡柳原說過一句話：「無人的時候說給自己聽。」在現實生活裡她一定做過這樣的事。同理，買來的新衣服，在「無人的時候」，也可以靜靜的「穿給自己看」的。

林式同又說，她房間裡有許多強光的燈泡，電視、收音機不分晝夜都開着；還有那鍋名喚Senna Pods的埃及草藥。二十五年前我在柏克萊她的公寓裡曾經見識過，也「如出一轍」，又一一「現形」了。

強光燈泡是爲了便利換行頭，在穿衣鏡前打量自己，所謂「顧影自盼」。這樣的安置，在世人的眼裡，的確匪夷所思，有點異樣。

林式同的這篇大作，趕搭上「張愛玲現象」(Eileen Chang Phenomenon)這班熱鬧列車，就世俗的眼光觀之，一方面替後世的文學史增添了一點點史料，自然無可厚非，但是就事論事，是否應當再等待一段時間再發表呢？

二

張子靜口述、季季執筆的《我的姊姊張愛玲》，塡補了散文集《流言》書中自傳部份的一些漏洞，例如張愛玲一直礙難啓齒的母親的美籍男友，到了弟弟張子靜筆下，也變成有名有姓的了。讀〈私語〉，讀到她說與父親決裂後，逃到母親那裡，隨即這樣寫：「母親是爲我犧牲了許多，而且一直在懷疑着我是否値得這些犧牲。」不久又說：「這時候母親的家已經不復是柔和的了。」總覺得語意曖昧，另有所指，不過多少猜到與她母親的私生活有關；沒想到是一個外國男朋友。

謎底揭穿後，我不覺得有甚麼痛快，反而有點嗒然若失。

原因很簡單，文學作品是一件藝術品，作家在創作時，有所爲（寫），有所不爲（寫）。正因爲採取了距離，才滋生了美感，亦即「橫看成嶺側成峰」，讀者（包括文評家）可以馳騁無窮的想像力，反覆推敲。張子靜的書提供了一些資訊，但因為缺乏想像力，沒有「作家人格」作襯裡，以及寫作時必要的一些元素，像是張愛玲本身凝聚最多的魯迅式的幽默、反諷、弔詭、故意「遺漏」，一概俱無，所以一路讀下去，勢如「破竹」，只有驚訝姊弟之間相差不過一歲，天份之差竟有這麼大！眞是不可以光年計乎！

寫作絕對要親自為之，不能請人越俎代庖，在這裡，季季的文筆不僅無法拔刀相助，而且愛莫能助！

有幾處地方，張子靜提供了與《對照記》相反的資訊，那是關於他們的父親、他們的後母，還有張子靜本人。

在〈私語〉裡，張愛玲說她被父親關起來以後，患了痢疾，父親一直不聞不問，也不給她請醫生。張子靜說，「於是父親選擇了消炎的抗生素針劑，趁後母不注意的時候到樓下去為我姊姊注射。」這是〈私語〉裡「故意」漏寫的一段。

《對照記》裡，張愛玲說她後母的父親孫寶琦即使在北洋軍閥那樣的政府裡也要算是「官聲不好的一個」，暗示他貪污；又譏笑此人弄到最後比她的堂伯父張人駿還要窮——難不成又是家中人口眾多？根據張子靜的說法，孫寶琦有他正直光明的一面，「出使法國期間曾斥責留學生，暗助國父孫中山」，他的知友對他的蓋棺論定是：「性慈秉介，囊無一金，不妄取於人，囊有一金，必慨施於人。」與《對照記》裡張愛玲描寫的後母的父親孫寶琦的人格，判若雲泥。

至於他自己，張子靜說，他的最高學歷是聖約翰大學經濟系肄業，而在《對照記》中，張愛玲可憐的弟弟只是「在家延師課讀，中學沒畢業便出去找事了。」

也許張愛玲「仇父」甚深，再加上一個「後母」情結，把他們橫綑豎綁，狠狠的鞭策了一頓以消心頭之恨，也是情有可原之事。但是張子靜在死無對證的情況下作出的片面之詞，是否完全可信？

總其一書，張子靜筆下的乃姊張愛玲，是一個嬌慣、自私、薄情、罔顧親情的女性：這樣的女性，矯情的成份大過熱情。即或她說過喜歡上海的話，也是因爲她當時愛上了一個漢奸胡蘭成，在戀愛之中，隨口說說，不能當眞。

張愛玲是一個有着強烈愛與恨的人，這一點她的表妹黃家瑞（張小燕之母）看準了，她說：「表姐是一個旣熱情又孤獨的人。」這一點張子靜忝爲至親骨肉，沒有看出來。

《紅樓夢》裡有一句名言，是伶俐的丫鬟對着一個同樣伺候寶玉的蠢婦說的：「我們去的地方，有一半你們到得了，有一半你們是到不了的。」

這一句名言，可以用來概括形容張子靜對於乃姊張愛玲性格的了解。

三

張子靜寫的《我的姊姊張愛玲》，對於解讀她的〈茉莉香片〉，還是很有助益，因爲這是一篇自傳體的小說。

掌握了以上的這些材料，再來解讀〈茉莉香片〉，像是張愛玲說過，考試的時候，準備充份，看到試題，心知肚明，篤定得很。〈茉莉香片〉像她的〈第一爐香〉，說的也是一則珍珠港事變前的香港傳奇。一個叫聶傳慶的男孩子，二十上下，上海人，在華南（香港）大學唸書，同班有個女同學叫言丹朱，是華大國文系教授言子夜的女兒。傳慶雖然姓聶，可是他淸楚他的母親馮碧落在嫁給他父親以前，曾經跟言子夜有過一段短暫的羅曼史，並且言家也曾經公開到他母親家求過親。有着這一層隱晦的原因，他每次上言教授的課，聯想到他可能跟他過世的母親發生的一切，「吃了一個『如果』，又剝一個『如果』」，心神不能集中，期終的時候，成績不但糟，而且離及格很遠。」

傳慶在精神上把言子夜看成是父親，「產生了畸形的戀慕」，是因爲憎厭他的生父聶介臣，而後者的造型，一目了然，便是取材自張愛玲和張子靜自己的父親張志沂（廷衆）。

所以這篇篇幅甚短的〈茉莉香片〉，同時也可以叫「尋父記」。小說裡有許多素材，是自傳性的。但是，也正像她在《紅樓夢》裡所主張的，「《紅樓夢》是創作，不是自傳性小說」，〈茉莉香片〉整個評斷起來，也應作如是觀。保守一點的說法是，它是傳記與小說交界之處的一個可疑的「灰色地帶」，所以我將小文取名〈那灰鼠鼠的一片〉。在張愛玲的詞彙裡，「灰鼠鼠」是指壞的一面，像是她在《紅樓夢魘》的序文中說的，《金瓶梅》中被人盜寫加插進去的兩章，是「灰色的一截」。在本文中，灰色無貶意。

話雖這麼說，聶介臣一看便像是《流言》中張愛玲的父親，因爲也娶了一個會吸食鴉片的後母。在張子靜的書裡，這位後母精明強幹，很會理家（財），是在北洋政府擔任過總理的孫寶琦的女兒，叫孫用蕃。在〈茉莉香片〉

裡，張愛玲從眞實人生裡「移用」過來的父親、後母，是這樣一副模樣：

「他父親聶介臣，汗衫外面罩着一件油漬斑斑的雪青軟緞小背心。他母親蓬着頭。一身黑，面對面躺在煙舖上。」

一副教人不敢恭維的模樣。

傳慶在家中，既逃不過父親的叱責、後母的嘮叨，在學校裡日子也不好過；因爲成績不好，被「精神上」的父親言子夜狠狠訓斥了一頓，他怪來怪去，一股怨忿，便結毒到言子夜的女兒丹朱身上，無理的要她負起這「破壞家庭」的責任。

另一方面，傳慶也經常作着白日夢，替他母親那段「平淡得可憐」——可以說淡至若無的羅曼史，編織綺夢。

他母親閨名叫馮碧落——一個象徵早夭的名字。丹朱的父親在追求他母親的時候，送給她一本《早潮》雜誌，扉頁上就題過這樣的字：「碧落女史清玩。言子夜贈。」

馮碧落在傳慶四歲的時候便死了。巧得很，張愛玲的母親也是在她四歲那年相偕她姑姑張茂淵赴歐遊學的。

馮碧落人是死了，她的憂鬱，她的不平，卻像一種會遺傳的疾病，一股腦兒讓她兒子傳慶繼承了過來。

在兒子聶傳慶白日夢裡的馮碧落，嫁後的光陰是「綉在屏風上的鳥——悒鬱的紫色緞子屏風上，織金雲朵裡的一隻白鳥。年深日久了，羽毛暗了，霉了，給蟲蛀了，死也還死在屏風上。」

在這裡，馮碧落的造型，似是受了巴金小說《家》裡梅表姊的影響。

傳慶暗自責怪母親，這樣認命，又在窩囊的嫁給他父親後四年，用一種變相的殉情方式死去，實在不該。

張愛玲的母親恰恰相反，她用變相的「出走」方式，與她姑姑相偕到歐洲遊學，在「國外學會了說英文，畫油畫，做雕塑」，這在風氣閉塞的二〇、三〇年代，是一件轟轟烈烈了不起的舉動。

馮碧落是張母黃素瓊女士的一個對角線。看《對照記》裡黃女士的照片，完全是解放了的女性，儘管她的腳是「半解放式」的，張愛玲卻驕傲的替她作出註解：「踏着一雙金蓮跨過兩個時代。」

這一句豪語，道盡了張母的勇氣、叛逆、驚世駭俗！所以，在《對照記》裡，張愛玲說：「湖南人最勇氣！」她母親就是湖南人。

寫聶傳慶母親那一節，張愛玲用的是創作，不是自傳上的材料，儘管四歲上「喪失」了母親「兩邊」都是事實。

聶傳慶和言丹朱的關係，發展到最後，是以狂暴收尾的。那是華大耶誕夜的一次舞會，傳慶雖然也被迫購了票，卻沒有去參加舞會，一個人在黑夜的山道上彳亍着，沒想到寃家路窄，又碰到舞會散後，正想回家的言丹朱。許多男同學爭着想送她，她卻單挑上了傳慶，因爲她想有這個帶點娘娘腔的男孩子送她，最有安全感了。

這種藐視的態度激怒了傳慶，走到半山裡，經過一段曲折冗長的對話（在對話中，傳慶終於透露他對丹朱的愛意）後，他用詈罵和一陣狂亂的腳踢，傳遞了這一種愛與恨的關係。

換到今日好萊塢的電影，大概要以姦殺來結束了。

想來張愛玲也會這樣寫，她是最能捕捉時代感的作家。

言丹朱耶誕夜穿的一襲晚禮服，張愛玲又大張旗鼓替她設計了一番，那是「一件翡翠綠天鵝絨的斗篷，上面連着風兜，風兜的裡子，是白色天鵝絨。」在張愛玲逝世前的洛城公寓的衣櫥內，可能找得到這樣一種設計的時裝。

小說又說，言丹朱站在曠野裡，「白蒼蒼的天與海在丹朱身後展開了雲母石屏風，使人聯想起吟咏嫦娥的著名詩句：「雲母屏風燭影深，長河漸落曉星沉。」

把丹朱比作了月裡嬋娟？的確是，不是我在這裡癡人說夢，因爲過不了一會兒，張愛玲筆鋒一轉，這樣寫：

「風越發猖狂了，把她的斗篷脹得圓鼓鼓的，直飄到她頭上去（這時候她站在高處，背對着傳慶）。她底下穿着一件綠陰陰的白絲絨長袍。乍一看，那斗篷浮在空中彷彿一柄偌大的降落傘，傘底下飄飄蕩蕩墜着她瑩白的身軀——是月宮裡派遣來的傘兵麼？」

這時候，仰望着丹朱的傳慶，變作了月宮裡的蟾蜍——換言之，他只是一隻癩蛤蟆而已。

一語雙關，張愛玲也概括了現實生活中，她與張子靜之間的姊弟關係。

在《我的姊姊張愛玲》書中，張子靜發表了三十多年後，他姊姊寫給他的唯一的也是最後的一封信。無疑的，這是他向姊姊求取「美」援遭到峻拒的一封信。張愛玲的這封信沒有幾個字，睽隔了這麼久，張愛玲寫下了這樣的「回」條，使人想起胡蘭成說的，張愛玲對於親情的「天道無情」：「傳說（一個張愛玲喜用的字眼）我發了財，又有一說是赤貧。其實我勉強夠過。……沒能力幫你的忙，是眞覺得慚愧。惟有祝安好。」

張愛玲對親手足的情份不過如此，何況他人？

也難怪張子靜要發表他的《我的姊姊張愛玲》，只可惜晚了一步。要是在姊姊健在的時候發表，不知張愛玲的感受如何？

昔日戲言身後事

——解讀〈沉香屑——第一爐香〉

前言：

英國小說家吳爾芙夫人在一篇散文〈小說家給了我們甚麼〉中曾經倡言：讀小說的不二法門，便是讓小說的作者對你實行「獨裁專政」；換言之，便是要在閱讀小說的時候，全心全意進入作者經營的世界，不能稍加遲疑；否則便會被擯棄於那個世界之外，既然不能進入，當然也就無法欣賞那個特別世界的風景了。

吳爾芙夫人又說：了解一位作家的生平遭遇，對於進入他（她）的小說世界也是有所助益的。（設法當他「她」的同僚、他「她」的幫兇，她又說。）她在最後作出結論時說：文評家（也就是合格的讀者）在作出小說解讀時，知覺力（Perception）要特別敏銳，想像力也要份外豐富。看完這篇宏文，不覺驚出一身冷汗來，原來寫文評是這樣難的！

不過，我寫《張愛玲未完》，唯一的長處是熟讀原作，像是張愛玲在《紅樓夢魘》也曾經自承：她寫《紅樓夢》考證，熟讀紅樓也是她唯一的長處一樣。這樣一說，我彷佛又重拾渙散的信心，甚至有點醺醺然、陶陶然起來了。

張愛玲去年九月過世後，兩岸三邊紀念她、寫她的文章，用「汗牛充棟」四字來形容不算爲過。新春伊始，這些文章又被結集出版，我知道的就有《私語張愛玲》、《作別張愛玲》、《永遠的張愛玲》等書（以上均由大陸出版）。國內的有《我的姊姊張愛玲》（張子靜口述、季季潤筆，時報出版）、《華麗與蒼涼》（皇冠出版）、《張愛玲與賴雅》（司馬新著，大地出版）。這些書的出版，對於張愛玲的生平提供了一些她生前未曾暢言、也就是遺漏（也許是故意遺漏）的資訊。固然，她的胞弟子靜先生所提的一些「童年往事」是彌足珍貴的。不過，像我在另一篇小文闡言的，這樣的大爆內幕，是帶點商業氣息、破壞了張愛玲生平故意營造出來的那種朦朧的美感的。

張愛玲的遺囑執行人更是不該！這位林式同先生，蒙張女士青睞，託孤似的把她的身後事託付了他。「受人之託、忠人之事」，他就不該在死者屍骨未寒之際，把她不喜歡別人知道的隱私，鉅細靡遺的抖了出來。固然，忝爲張迷，我很高興知道張女士在大去前的一年，曾經去美過一次容；又不斷的添置新衣，那一幅衣櫥一角的快照，琳瑯滿目、掛滿了鮮艷色彩的時裝，哪像個用紙杯紙盤吃飯、家徒四壁、行將就木的老太太的衣櫃——那簡直就像本文要討論的女主角葛薇龍的衣櫥。然而，話又得說回來，了解張女士個性的人是不會感到詫異錯愕的，因爲這就是她。文章一向講究唯美華麗的她，衣履當然也得唯美華麗——她購置儲存的淺色家居拖鞋，據說穿到一百歲也穿不完。不記得在那裡看過這樣一段：她之所以堅決要離開大陸，就是種因於不願意穿那千人一面、千人一式、惡劣醜陋的人民裝。換了旁人，我們會覺得豈有此理；換了張愛玲，我們會說：這是理所當然！她是不願意在一些芝蔴綠豆大的小事上讓步，委屈自己的。

她在「解放」後遊杭州，在西湖「樓外樓」，就是當着衆人的面，吃光了螃蟹麵上的澆頭、喝乾了麵湯，就放下了筷子——不怕事後被人批評「浪費」。

內容、角色、技巧：

張愛玲個性上的這一層認知，對於剖析她小說處女作〈沉香屑——第一爐香〉（以下簡稱〈第一爐香〉），豈僅是有助益，而且有振聾發聵的功效。本來嘛，一個作家的作品，不管僞裝得多麼嚴密，有意無意間，還是洩露了他（她）的底；他（她）的作品實際是一個掩體，裡面應有盡有的，還是作家自己。張愛玲的小說處女作〈第一爐香〉亦不例外。她筆下的女主角葛薇龍，與她的孕育者張愛玲，竟然有着如許驚人的類似。舉個淺顯的例子：小說中，女主角薇龍的母親從來沒有露過面，她在中學沒有畢業的時候，便離開了遠在上海的父母，投靠了住在香港的豪門姨太太的姑母，這一點身世，與現實生活中的張愛玲，從小依賴姑姑張茂淵女士（張愛玲死後，《流言》主角之一的「我姑姑」也變成有名有姓的了）爲生，可謂「不謀而合」。姑侄倆相依爲命的生活在一起，約有十年之久（一九四二年——一九五二年），淵源深厚，自不待言。《對照記》中，圖四十七是一幀張茂淵女士坐着的全身照，張愛玲對於這張姑母的遺照作出了深情的題示：「我姑姑，一九四〇年末葉。我一九五二年離開大陸的時候她也還是這樣。在我記憶中也永遠是這樣的。」

當然，〈第一爐香〉中的姑媽梁太太是個母蜘蛛形的邪惡的化身，但要是沒有現實生活裡姑侄相依這一層眞實的體驗，相信張愛玲不會把薇龍與姑母之間的愛恨情慾關係，描摹得如此傳神！

根據《我的姊姊張愛玲》一書，我們又知道，張愛玲的嫡母黃素瓊女士，在民國二十一年，與她父親張志沂先生仳離後，隻身赴歐去了。在《對照記》一書中，圖十六、十七、十八所展示的張母，是個帶着教會派、洋派十足、明媚瘦削秀麗的女子。她每幀照片都帶有唯美、藝術家的氣質。尤其圖十八，在海船上，只得一幅剪影——那時她姑姑沒有陪着她，是哪一位好心人替她錄下那幀麗影的呢？讀《對照記》時，是民國八十三年初，心裡疑疑惑惑的，總覺得「此中有人，呼之欲出」，現在，張子靜的書終於廓清了迷霧，此人想必是美國的皮貨商人維葛斯托夫先生——張母離婚後（也許以前）的男友，珍珠港事變後，死於新加坡的戰火。

儘管在《流言》中，張愛玲將她母親寫成一位美麗的婦人，喜歡「在藍綠色的絲絨襖子上，別上翡翠別針」；又說她是「用一種羅曼蒂克的愛來愛着她母親的」。但是黃素瓊在張愛玲跟她弟弟幾乎完全在襁褓之中拋夫別子，跑到歐洲去遊學，又不像是爲了革命，尙且可以自圓其說。她這樣做完全是追求自我，說得不好聽，便是自私。儘管張愛玲竭力替她母親掩飾，在《對照記》中，讚美母親是「踏着（這）雙金蓮橫跨兩個時代，又誇說她母親自承「湖南人最勇敢」。

張愛玲遺漏掉她母親負面的地方，她弟弟張子靜替她一路補綴過來，《我的姊姊》一書中，張子靜寫到離婚的那天，他父親簽不下字來，想必是爲着兩個孩子，意欲「留情」，他母親卻說：「我的心已經像木頭一樣。」就這樣，父親在離婚書上簽了字。

《對照記》中，張愛玲只簡短寫下十二個字，映照着張愛玲在〈太太萬歲題記〉所說的「浮世的悲歡」：「她（母親）總是叫我不要怪我父親。」

此話「話裡有話」。我們知道，離婚之事總是「一個巴掌拍不響」，也許張母有自知之明，為了切身的利益，比她父親更熱中於想「仳離」。離婚的後遺症是帶來了後母，這一種人，《儒林外史》形容得一針見血，是「後母的拳頭，雲裡的日頭」，這，倔強的張愛玲是絕對不能容忍的。她在《流言》裡寫道，她姑姑告訴她父親要再婚時，在後陽臺上，她說要是那女人在眼前，她會毫不遲疑的將那女人推到陽臺下去。

種種親子之間的愛恨情結，在她小說的處女作中，終於凝結成一株奇異刺目的「仙人掌」，也就是薇龍的姑媽梁太太，借用小說中的詞彙來形容：「那蒼綠的厚葉子，四下裡探着頭，像一窠青蛇：那枝頭的一捻紅，便像吐出的蛇信子。」

也許是人物塑造上這一種趨勢：強着過強，弱者過弱，同樣屬於女性的女作家，像是李渝，便覺得張愛玲的作品有一種難以忍受的「重」——不是輕；在一篇可稱深度寫作的文章〈跋扈的自戀〉（載九月十四日中國時報）裡，李渝獨排衆議，寫出了她的「抗」張情結。她首先說了一點恭維話，她說中國的作家「人格與風格是兩回事」，唯獨張愛玲例外；因爲她「終於見到了一位生活與文本、氣質與風格一致的、眞正的、誠實的作家。」她又說，「這是一種勇氣，一直到今天，我在這一方面對張愛玲的尊敬都不曾改變。」

這樣的考語，的確下得很中肯。證諸〈第一爐香〉也是班班可考的。〈第一爐香〉表面上說的是一則與張愛玲無關的故事——一個清白無辜的女孩子，一頭撞進了姑媽（其實是個女色魔）的魔窟中，一錯再錯，最後淪爲女色魔的爪牙，一方面替姑媽捕捉愛的俘虜，一方面又替自己的丈夫喬琪·喬去弄錢（大概是表演「仙人跳」？）

壞在這樣不堪聞問的境遇，女主角薇龍不但不思振作，設法衝出來，反而甘之如飴的沉淪下去，這便是李渝最持反感的關鍵所在：「她（張愛玲）的眼睛雖然寒冷透徹，語聲卻是沉溺性的，而且可以沉溺到自虐、虐待和被虐待狂的地步，不但不建築尊嚴，反倒冷靜的和人物一步步塌陷下去，一起落入無光的深淵。」

之所以發生這種無可救藥的結局，我認為此無他，純粹種因於張愛玲在創作故事時，不知不覺（說得好聽一點，便是潛意識）把自己化身進故事當中，終究不能自拔——雖然在現實生活中，她看來比故事中任何一位女主角都要勁遒堅強得多！

她曾經告訴過我（見〈夜訪張愛玲〉），她「寫作的時候非常高興，寫完以後簡直狂喜」！隔了將近四分之一世紀的時間再來回味她這一句形同空谷足音的話，可以想見她寫作的時候耽溺之深，簡直到了「泥牛入海」的地步！西洋人有一句現成的話 Ego-trip，套用李渝的說法，似乎可以勉強翻成「跋扈的自戀旅程」，這一句話，作為一個作家，張愛玲是身體力行的做到了。

具備了這一層認知，再來解讀〈第一爐香〉，許多難解的問題都一一迎刃而解了。張愛玲在《流言》再版序裡說過一句曖昧的話：「讓生命來到你這邊。」事實上，生命不可能來到我們（讀者）這邊，除開在作家的挈領與仲介之下，這也是吳爾芙夫人所言，「讓小說的作者對你實行『獨裁專政』」的意思。李渝因爲受不了張愛玲的「獨裁專政」，忍不住呱呱叫了起來。

同樣受不了張愛玲的「虐待」而呱呱叫出聲的還有女作家曉風女士（見〈淡出〉一文，也刊在九月份的中國時報），她一方面浩嘆張愛玲終身不孕是暴殄天物；一方面又責備張愛玲不會取材，「甚麼不好寫，偏去寫個『以色誘人』（指〈色，戒〉）的『愛國女學生』反爲情困，終致死於人手的故事」，這同樣是因爲，張愛玲筆下的生命，到不了她這一邊來。

其實，從小說的處女作一開始，張愛玲便替筆下的女主角，締造了一個「原形」Proto-type。她們對愛情的執着與癡迷，非凡人可以比擬，亦非凡人可以想像。然而，她們既非唐人傳奇中的霍小玉、武非煙，爲情作出壯烈的犧牲；亦非《紅樓夢》所標榜、在朝啼暮哭中傷春悲秋的黛玉、齡官。她們是中國數千年來男女不平等制度下的一個廣大負荷者。她們愛上了一個男人（有時連愛都摸不着邊，像〈半生緣〉中的曼楨），便等於搭上了死亡的列車，也像是踏入了愛情的不歸路。這樣的結局令人悲愴，（「蒼涼是一種啓示，悲壯是一種完成」，她說。）然而她們——像〈第一爐香〉中的薇龍、〈色，戒〉中的王佳芝卻是至死不悔亦不悟；換言之，她們作出的淸醒的犧牲，即使在愛情至上的前提下，也有助長大男人主義爲虎作倀之嫌，「像流蘇這樣，似乎是跌慘了，一聲喊，跌將下來。」這是她在〈羅蘭觀感〉裡，形容白流蘇的話，借用到薇龍、佳芝身上，也很恰當。

跌慘了的女性，是張愛玲創作時一個永遠不會枯竭的題材泉源。她用英文撰寫的軍閥時代的長篇小說，以及恐怕永遠不會問世的〈小團圓〉，大概也少不了這一類跌慘了的女性。

再回到〈第一爐香〉身上，在作出進一步分析薇龍個性之前，有一點使我大吃一驚的，是薇龍的戀愛觀，在情感旅程上的顛沛流離，怎麼奇蹟似的，不久應驗到張愛玲本身與胡蘭成的一段羅曼史上？張愛玲本來就是帶一點第六感、靈異氣質充沛的異人，爲甚麼在〈第一爐香〉成篇時，也犯下了元稹〈遣悲懷〉裡所哀嘆的：「昔日戲言身後事，今朝都到眼前來」的讖語？這一點，留待後文再論，先談薇龍的故事。

話說〈第一爐香〉的男主角喬琪·喬，是個浮滑的浪子，血統中西混雜，卻同時受着薇龍姑媽、薇龍的眷愛，視同連環拱璧。喬琪·喬長成甚麼模樣，張愛玲着墨不多，只說他有一雙綠眼睛，「嘴唇是蒼白的，和石膏像一般。」眉毛與睫毛黑壓壓的，「眼睛像風吹過的早稻田，時而露出稻子下的水的青光，一閃，又暗了下去了。」又說，「人是高個子，也生得亭勻，可是身上衣服穿得那樣服貼、隨便，使人忘記了他的身體的存在。」

用九〇年代新新人類的詞彙來形容，喬琪·喬就是酷，也難怪梁太太一家大小，還有丫頭睇睇、睨兒都對他愛得發瘋，都想把他視作禁臠，據爲己有。而過屠門大嚼的浪子喬琪·喬，並沒有挑精揀肥，他是尊卑不分、大小統吃的。可這樣一個不同凡響的人物，要到整篇小說進行到快一半的時分方才露面，張愛玲是用甚麼樣的技巧打破「冷場」的？

她採用的是籃球寶典之一的「緊迫釘人」法。

此所以薇龍第一次探身梁府，她讓薇龍親眼目睹到梁太太受到喬琪·喬的戲弄，怒形於色；進府的次晨，姑母又查出旗下愛將睇睇，被喬琪·喬奪走，更是火上加油，招架無力……這樣，這些可笑、可憐又可惡的女人，口中談的，心中念的，啾啾咕咕，爭吵不休的，無非就是一個他——喬琪·喬，他縱然不露面，比實際上露面，還要逗人遐思，引人注意。

在姑媽與下人搶奪喬琪·喬的過程中，薇龍旁觀者清，看在眼裡，不能完全無動於衷，張愛玲也煞費苦心，替她安排了幾次道德上的危機，讓她清清楚楚的思考了一番，薇龍卻用她自己那一套充滿弔詭的邏輯，瞞混過關——連讀者也差一點被她瞞過了。

譬如她第一次探府（類似國劇裡那齣〈探陰山〉）下山，覺得自己是《聊齋誌異》裡的書生，上山探親出來之後，轉眼間那貴家宅第已經化成一座大墳山，這時候，薇龍有一段心理獨白：「至於我，我既睜眼走進了這鬼氣森森的世界，若是中了邪，我怪誰去？」想到這裡，薇龍應當打退堂鼓了，可是且慢！薇龍很會替自己轉圜，找下臺階；她接下去又對自己說：「可是我們到底是姑侄，她被面子拘住了，只要我行得正，立得正，不怕她不以禮相待。外頭人說閒話，儘他們說去，我唸我的書。」

這一段內心獨白，和她剛才坐在梁府客廳裡，因爲聽見姑媽和睨兒在百級臺階上的一段對話，發現情形不妙，心裡七上八下，思潮洶湧，是有異曲同工的效用的。「姑媽在外面的名聲原不很乾淨，我只道是造謠言的人有心糟蹋寡婦人家……如今看清楚，竟是眞的了！我平白來攪在渾水裡，女孩子家，就是跳到黃河裡也洗不清！」

這是薇龍唯一表露激烈思維的一次！到了待會兒下「墳山」的時候，因爲姑媽答應了她的要求，又要她搬進府裡來住，兩相比較，她那段內心獨白，便顯得一廂情願，甚麼「到底是姑侄，不怕她不以禮相待，」完全是自己騙自己的誑語了。

當晚回到家裡，薇龍已經決定「賣」身投靠了，可父親面前，謊是要扯的，因爲父親和姑媽早已吵翻——現實生活裡，張愛玲的姑姑跟她父親也是吵翻了的。「主意打定，便一五一十告訴了母親」，「卻把自己所見聞梁太太的家庭狀況瞞過了。」

〈第一爐香〉寫得最成功的地方，是薇龍的潛意識，也就是最受到李渝詬病的一點，在潛意識的驅使下，「在繼續沉淪下，卻在享受着『被屈抑的快活』」。

人的潛意識有時候受到魔鬼的控制，牠誘使一個人走向瘋狂，走向毀滅。薇龍有着一般常人清醒的自覺，常常在道德的危機來臨時，向她提出警訊，可終究敵不過潛意識裡的魔鬼的召喚。像是薇龍進府的第一晚，發現了自己房間的衣櫥內，掛滿了衣服，她忍不住一一試穿，卻都合身，她突然省悟到，原來這都是姑媽特地爲她置備的。這時候她的良知向她提出警訊，這等於是「長三堂子」（高級娼寮）買進一個人。她這時若抽身逃脫還來得及，可惜潛意識（魔鬼）將她綁了架，她逃不出了。

她試遍了華服後，在音樂聲裡，想像中翩翩的衣服隨着起舞，「看看也好！」她說這話時，並沒有出聲；再說時她用毯子蒙上了頭，重新悄悄把這句話說了一遍：「看看也好！」

有點像婚禮中新娘發出的誓言：「我願意！」

薇龍從此嫁給了魔鬼。

〈第一爐香〉有關薇龍潛意識寫得最成功的一處，是薇龍的姑媽爲了勾引青年才俊盧兆麟，開了一次盛大的茶會，結果促成薇龍與喬琪·喬的初遇；前者對後者是一見鍾情的。茶會後，姑侄兩人忙着招待客人，餓了肚子，所以照常進膳。梁太太因爲搶了薇龍的男朋友，做賊心虛，對薇龍加倍的親近體貼。薇龍像往常一樣陪着笑臉，卻忍不住在心底責備自己：姑媽找到了新的男朋友，開心自有道理；可自己平白賠上了剛認識不久的盧兆麟，有生氣的理由，怎麼一點兒不生氣？可見自己連「敢怒而不敢言」都做不到，眞是太糟糕了。殊不知她原來是想敢怒而不敢言的，只因爲憑空掉下來一個喬琪·喬，歡喜還來不及，那怒氣自然被拋到九霄雲外了。

張愛玲這一記潛意識的描寫，不但薇龍自己搞不清楚，連我們讀者也被她輕瞞過了呢。

結論：

薇龍對喬琪•喬的愛，是一見鍾情的，也是一面倒的。這在他效習張生，在月明之夜，像孟子所言「踰東牆、摟處子」的當天下午，他和薇龍會面的時候，就開誠佈公說明了：「薇龍，我不能答應你結婚，我也不能答應你愛，我只能答應你快樂。」

既不能答應結婚，又不能保證愛情，唯一能提供的，只是動物性的性愛，甘心接受這樣不合理待遇的女人，命中注定是要被她所愛的男人拋棄的——「一聲喊，跌將下來」。也難怪看到薇龍這樣淌在「自溺」泥潭裡的李渝，「可以自溺到自虐、虐待和被虐的地步」，要擲筆搖頭，一嘆再嘆了。

也難怪，根據整理大去後張愛玲房間的朱謎所寫，在張愛玲的讀物中，有一本是關於本世紀最聳動殺人魔王「達魔」Darmer（一共殺了十幾名少年，統統掩埋在他寓所的後院中）的傳記。

對於自己未來的命運，薇龍並非完全蒙在鼓裡，像一頭弱獸，在即將被巨蛇或者鱷魚吞噬時，從敵人的眼裡，清楚看到自己孱弱無助，甚至顫抖的表情。像那天下午，喬琪·喬對她作出那致命的自供後，「她抓住了他的外衣的翻領，抬着頭，哀懇似的注視着他的臉。她竭力的在他的黑眼鏡裡尋找他的眼睛，可是她只看見眼鏡裡反映的她自己的影子，縮小的，而且慘白的。」然後，她就把額角抵在他胸前……連牙齒也震震作響……斷斷續續的答道：「我……我怕的是我自己！我大約是瘋了！」

明知不可爲而爲之，是薇龍對她所喜歡的喬琪·喬所採取的一種態度；這一種態度是致命的，足以使她粉身碎骨。這一種行爲更談不到犧牲，因爲完全一廂情願，對方根本不愛她，或者不值得她的愛。薇龍不過是始作俑者；此後，有一連串的女主角，在同一類型下，踏上了愛情苦旅的不歸途——七巧、嬌蕊、曼楨……甚至變本加厲，「自作孽，不可活」，像較後期的〈色·戒〉的女主角王佳芝。

　　薇龍最後的命運，取決於姑媽與喬琪·喬的一段命運性的對話。本來，喬琪對於這一頭親事還有幾分猶疑，梁太太勸他道：「我看你將就一點罷！你要娶一個闊小姐，你的眼界又高，差點的門戶，你又看不上眼。眞是幾千萬家財的人家出身的女孩子，驕縱慣了的，那裡會像薇龍這樣好說話？處處地方你不免受了拘束。你要錢的目的原是玩，玩得不痛快，要錢做什麼？當然，過了七八年，薇龍的收入想必大爲減色。等她不能掙錢養家了，你儘可以離婚。在英國的法律上，離婚是相當困難的，唯一合法的理由是犯姦。你要抓到她犯姦的證據，那還不容易？」

　　這一段像犯了失心瘋的話，豈是一個長輩說得出口的？這一段話可以媲美〈賣油郎獨佔花魁女〉中何九媽用一張油嘴勸說王美娘接客的那段「眞從良、假從良、苦從良、樂從良」說詞。又使我想起，亨利·詹姆斯《仕女圖》中，魅洛夫人Mme. Merle與舊情人吉伯特·奧斯門Gilbert Osmond昧着良心計議如何去進攻伊薩蓓兒·阿契，使她墜入兩人轂中那一節無心無肝的對話。

但是說來說去，胡蘭成與張愛玲那段經過「胡」筆渲染，成為一般人眼中「世紀羅曼史」（朱天文美譽為〈花憶前身〉）的經過，與薇龍和喬琪的故事，儘管有許多重疊雷同之處，不過一則小文的篇幅太長了，二則這純粹是偶合，是昔日戲言身後事，又是人生模倣戲劇，不是戲劇模倣人生，是張愛玲在散文裡說的，「我們的生活往往是『第二輪』的」，「我們都是先看了小說，再懂得戀愛」；換言之，不足為訓。不幸的一點是，張愛玲是在眞實人生裡，實行（體驗）了她小說裡的愛情觀照與理念。就一個小說家而言，這應該算是雙重的不幸（「雙贏」的反義詞）。

《秧歌》的好與壞

——謹以此文紀念張愛玲女士逝世一周年

以下的話，是蘊藏在胸中很久的一段肺腑之言，在張愛玲女士逝世一周年說了出來，也可以說是骨鯁在喉，不得不吐了。

這些話，都是因爲《秧歌》這部中篇小說而引起的。

一

《秧歌》出版於一九五四年七月，最初是在美國新聞處發行的雜誌《今日世界》上連載，隨即又推出了《赤地之戀》，由天風出版社出版。兩書我都有初版本，《赤地之戀》的封面是紫紅色的，非常醒目美觀。《秧歌》的封面則是純白色，上面用粉彩畫了一雙跳秧歌舞玩偶似的紅男綠女，由畫家薛志英設計，書中還有十七幅插圖，是原來《今日世界》連載時就有的，出書時也就順理成章移植了過來。插圖是已故漫畫家張英超的手筆，那時候一般臺港媒體的美工設計都由他包辦。《赤地之戀》未曾在《今日世界》連載，想是篇幅過長，這一點，王德威在〈重讀張愛玲的《秧歌》與《赤地之戀》〉一文弄錯了，想是年事太輕，趕不上那一場熱鬧。王文還有些許小誤之處，當在下文中趁便糾正。

一提起張愛玲，我便有點情不自禁，眞是「鄉下人進城，說得嘴兒疼」。（這一句南京諺語是看她的文章學會的。）

認眞（或者說，嚴格）說來，這兩本小說（《秧歌》其實是中篇），都不成功，並不如一般人（包括以胡適爲首的許多名人在內）所盛讚的那樣完美。事實上，張女士本人對於《秧歌》一書也有點敝帚自珍，這才在出版後，立即郵寄了一本給旅居美國的胡適先生；又在次年十一月，相約了錫蘭女友炎櫻，去紐約拜訪了她心目中的偶像。胡適同意了她自己的說法，亦即「平淡而近自然的境界」，在信函中順水推舟地重複了這句話。張女士聽了很受用，在〈憶胡適之〉一文中，再三提及了這句讚詞——其實她自己才是始作俑者。《秧歌》的確寫得「平淡而近自然」，但是，仔細看來，平淡、自然是「刻意」做到了，卻又「全然不是那麼回事。」（見〈花凋〉）

到底是怎麼回事？

最主要是作者對農民的生活與個性了解得不夠，還有便是素材在她腦中「潛伏浸潤」的時間不夠，像她在〈夜訪〉中告訴我的，她一篇作品往往得醞釀上二十年才寫得出來，《秧歌》出來得太快，是個「早產兒」，顯然有點先天不足。

她說這番話當然也是一種「暗喻」，她的意思是，她寫故事是三思而後行的。所謂三思，即是深思熟慮的意思。另一方面，也表示她對故事的題材，熟得不能再熟——熟極而流。

《秧歌》寫得不如《傳奇》中一些成功的篇章好，當然還包括一些其他的因素，這些，我都將在本文中一一論列。當然，《秧歌》並沒有完全失敗，所以我權且將這篇小文，取名為〈《秧歌》的好與壞〉。

二

《秧歌》是一本政治小說，作者採取了一種約定俗成的態度，亦即為一般反共學者——當然包括胡適在內——所深喜的反共邏輯：套一句老共的辭彙，亦即反共的「唯物史觀」，這是這本小說先天上的致命傷。作者在書中再三想證言的，是通過飢餓的主題，顯示共產主義在身體上、心理上對人性的毀傷與摧殘。說得是，可是要證明這一點，談何容易。

約瑟夫·康拉德的小說《秘密情報員》(The Secret Agent)也是一本政

治小說，但是康拉德並沒有採取固執一定的政治立場，替任何一方說話（無論說好說壞），因爲這樣，會讓讀者產生一種先入爲主的御用文人的惡劣印象。文人本來是清高的，張愛玲在一九五四年以前，自絕於政治潮流運動之外，是聰明的也是正確的。康拉德借用維拉克 Verloc 這個具有雙重身份的「反間諜」，攻訐了間諜制度、間諜體系的可笑、可鄙與可悲，從而批判了正反雙方的政治實體，凸顯了人性的高貴尊嚴，像是他的妻子薇妮 Winnie 對幼弟無私的疼愛奉獻與犧牲，是凌駕於任何政治利用、政治謊言之上的。

《秧歌》始於政治，也終於政治，雖然女主角月香最後放火燒了米倉，自己也葬身火窟，以身殉夫；彷彿夫妻之情戰勝了巫魔毒咒般的共產主義。然而，作者肯定了一方的壞、也就等於暗示了另一方的好——甚至光明。

另一方，當然是指以美國爲首的資本主義集團。

這一種立場，當然是美新處官員，像麥卡錫處長，樂於贊助的。

姑不論張愛玲所寫的是否完全是眞實(Truth)，單憑了這一種切入直接的寫法，在文學上便犯了大忌，這一點，康拉德的《秘密情報員》，在創作的初衷上，與張愛玲的《秧歌》，是大異其趣的。

三

張愛玲不大喜歡做事與願違的事，她選擇了離群索居的生活，想必也是不想如T·S·艾略特所言：「戴着面具與世人週旋」，這一點在她跟夏志清先生最後一次通信裡，特別鄭重地提到。她生平所做的勉強自己的事，不知道可包括她撰寫《秧歌》在內？儘管她在表面上顯得有點得意，下意識裡也許會覺着不對——她是佛洛伊德的忠實信徒，理當理解到這一點。

就連她在胡適的紐約寓所，面對着偶像聊天，當胡適談到大陸上「純粹是軍事統治」時，她也只是「頓了頓沒有回答」。爲什麼「頓了頓」，又「沒有回答」？(這是很失儀的)。慣常寫夾縫文章的她，這一筆道盡了她寫《秧歌》、《赤地之戀》的牽強與無奈。再換一個角度來說，胡適在五〇年代，共黨在大陸取得全面勝利後，所謂「胡適思想」受到嚴厲的批鬥清算，胡適反共，有他內在的理由；張愛玲的反共則完全是權宜之計，因爲共黨並沒有迫害她。夏衍愛她的才，還設法想留下她。胡適說出軍事統治一詞，一位剛剛寫出《秧歌》反共態度這樣堅決的作家，竟然沒有應聲而附和，豈不有點蹊蹺？所以胡適「立刻把臉一沉，換了個話題。」張愛玲是個寫小說的高手，這一段的記載，小說家反諷、微妙的筆觸忒強。她爲甚麼答不上話來？我想應該是佛洛伊德最愛提的「下意識」在作祟，把她攪迷糊了吧?!（以上所引全出自〈憶胡適之〉一文）

我說這話，不是批判張愛玲的反共有甚麼不對，而是她這種模稜兩可的態度一時影響了她創作《秧歌》時的精純度——這一點對一位水準極高的作家來說，是摻不得一點虛假的。《秧歌》也就因爲作者反共的態度有點舉棋不定，結果寫出來的內容理到情不到（這話也是她自己說的。）

四

《秧歌》的故事十分單薄：表面上看來，它說的是農民金根的故事，但是，張愛玲對於金根的資訊掌握得不夠，不得不添上他的堂叔譚老大和他的妻子譚大娘、媳婦金有嫂一家。資訊仍嫌不夠，又拉上了從上海到鄉下來向農民「學習」的知識份子顧岡。還是不夠，於是又「借」用了村幹部王霖同志，通過了他的回憶演出一段張愛玲最擅長把握的羅曼史。王霖與他小資產階級妻子沙明的戀愛的確寫得盪氣迴腸，「焚花散麝」，令人神往，但是仔細想來，這樣的「不了情」，只適合放在〈金鎖記〉與〈傾城之戀〉架構中，不屬於《秧歌》的世界。連張愛玲本人也覺得「不妥」，不得不在〈跋〉中加以解釋：「……因為這一切都是通過了王同志的回憶……有些地方不免被美化了。」

「美化」對於小布爾喬亞階級的小說是無可厚非、甚至是必要的，對於闡述普羅階級的《秧歌》卻是蛇足。但是就連這樣的拼湊剪貼，篇幅還嫌不夠，於是不得不添上殺豬的一章（見張的〈自供〉）。

「拼湊」出來的急就章，不可能會好——普通一般好的作品，多半是素材多得用不完，就連寫完後，作者往往還感到遺憾，惋惜有些好素材被忽略了，成爲遺珠。（海明威就說過類似的話，參見他的「冰山」論。）我相信她的〈阿小悲秋〉、〈花凋〉（寫的是她早夭的表姐黃家漪）、〈第一爐香〉都是在「雨量」豐沛、沃土豐饒的情形下完成的，哪裡會像寫《秧歌》時這樣鬧饑荒？（深具諷刺性的一點是，《秧歌》的主題寫的是饑饉，想不到作者在材料的捕捉上也相對地大鬧饑荒，眞是有趣。謂予不信？請參閱她接受殷允芃訪問時所說的話。她說，《秧歌》的場景，寫的是冬天；若是換成了春天，她便寫不出來了。這句話反襯了張愛玲的天才面，但也說出了一個冰冷的事實，她對於農村事物的了解，少得可憐。）

五

《秧歌》裡的人物，一律寫得太過典型化，而寫的最糟的是男主角譚金根。當然，所有的角色（特別是女性）都被熏染上張派小說人物的個性特質，也就是自保與自私，臨危遇難、見死不救；但不是王德威在〈重讀〉一文中所倡言的、犯了「小奸小壞」的毛病。小奸小壞是次殖民地時代上海小市民的一般通病，那是在殖民官員（英美人）以及豪商富賈（也是英美人，也許還包括其他國家的歐洲人），還有高級流氓（杜月笙、黃金榮）高壓下所產生的一種尋求自全自保的畸形新人類；到了《秧歌》的世界裡，農民爲了自保，爲了應付不同政權下兵、匪的壓榨（當然，在兵匪被趕跑以後，他們面對的只剩下一個敵人，那便是比兵、匪還會欺凌人的共產黨），他們不得不隨時隨地的撒謊，像譚大娘在床上棉被裡藏了一條豬，還對着強逼她的汪僞士兵說，那是個病人。在這裡，王德威在〈重讀〉一文中又弄錯了，以爲譚大娘這招是用來哄騙共產黨。殊不知共產黨家家戶戶的一筆帳都弄得一清二楚，哪容得農民私自養豬——就養，想必也經過他們批准，又拖到床上被窩裡藏「鏘」？這一點，共產黨比汪僞時期的和平軍要精明多了。

「小奸小壞」（張愛玲有一個傳神的具體形容，那便是「一雙眼睛瞄法瞄法」）用來形容奸詐可憐的小市民是適當的，因爲他們多半有便宜可佔，所以舊時代的上海人，往往予人以奸詐、滑頭、難纏、唯利是圖的惡劣印象。而農民雖然信口扯白謊，像譚大娘涎着臉對和平軍大嘆「鄉下人」的苦經，又腆顏對着王同志唱唸「毛主席他老人家」，畢竟天資駑鈍，卻是連一點好處也撈不着的。因爲和平軍那次擄走了她的獨子（當時的術語叫「拉夫」）；七八年後，共產黨解放了她，又強徵了她辛辛苦苦飼養大的肥豬去支前勞軍，她的「晴天下白雨」式的白謊，對她毫無用處。她的扯謊，與「小奸小壞」是有一段遙遠的差距的。

話題再回到金根身上。

金根這個農民塑造得天眞，錯在張愛玲賦予他小資產階級人物的氣息與性格特徵。也難怪，一九五二年，她剛從大陸謦身逃出來，喘息未定，滿腦子還是〈十八春〉、〈小艾〉的辭彙與人物，教她去寫那木訥、魯鈍、稚拙的農民農婦，意識感情一時怎麼調適得過來？我記得約十年前，龍應臺在一本已經停刊的雜誌上，把《秧歌》大肆吹捧，而把《傳奇》貶爲鴛鴦蝴蝶派的言情小說，當時讀後眞有點啼笑皆非，又覺得龍眞會焚琴煮鶴——本來嘛，她寫的那本集子就叫《野火集》，倒形容得很貼切。

此所以《秧歌》裡重現了她在〈十八春〉裡用過的意象，像是月亮像一顆新剝出來的蓮子、還有窮老太婆剝蒜一節（這在喜歡鑄造新詞、誓不爲雷同之文的她是一個異數）。《赤地之戀》借用處尤甚多，甚至連情節（所謂「橋段」）也轉「嫁」過來，像戈珊、申凱夫、黃絹的三角關係，便是套自曼璐、祝鴻才、曼楨的愛恨情仇，而劉荃就是沈世鈞的「後」身。也難怪，美新處派給她這樣沉重的任務，才華再出衆的她也有點抗不住吃不消，只好「拉到籃裡便是藥」地支付一下再說了。

任何尷尬不堪的處境碰到了張愛玲都是情有可原的。這也是她對胡蘭成說的：「因爲懂得，所以慈悲。」

六

金根具備了羅曼蒂克的個性，想像力也夠豐富，這一點實在令人詫異。舉例來說，月香在上海幫傭，辭工後回到鄉下，第一天晚上，張愛玲描寫她怎樣從上海坐航船，抵步後又走了四十里路才抵達家門。一進門就被譚老大一家給包圍了，接受他們的歡迎，然後是取笑。「久別勝新婚」。譚大娘彷彿義不容辭擔任了鬧（新）房的角色，哈哈笑着說：「他們小兩口子向來要好，好得合穿一條褲子。噯呀、可憐呵，這些年不見面——眞造孽！」

根據書中的描寫，當時農村正鬧着人爲的饑饉，農民在半飢半飽的狀態下生活。一般人在挨餓的時候脾氣多半不好，譚家一家大小怎麼還有興致在睡下以後又爬起來，像鬧新房一樣跑過來，開這對久別重逢青年夫妻的玩笑？當然，在一九四九年以前，《傳奇》式的所謂張派小說內，這一種場面是應該有的，到了《秧歌》，因爲寫的是飢餓，就該採取另一種處理的方式了。張愛玲有勇氣接受這一挑戰，可惜承接得不夠穩妥，不夠漂亮。

接着金根大發他羅曼蒂克的癡夢，而且一發不可收拾。底下的一段，字數較長，但我還是將它全錄下來，讀者會有一個較淸晰的輪廓：

金根心裡想。他的妻也的確有點像個新娘子，坐在床沿上，花布帳子人字式分披下來，她怕把頭髮碰毛了，把頭略低點。燈光照着，她的臉色近於銀白色，方圓臉盤，額角略有點低蹙，紅紅的嘴唇，濃秀的眉毛眼睛彷彿是墨筆畫出來的。她使他想起一個破敗的小廟裡供着的一個不知名的娘娘。他記得看見過這樣一個塑像，粉白脂紅，低着頭坐在那灰黯的破成一條條的杏黃神幔裡。

這裡的金根感性充沛，思路深細，彷彿比〈十八春〉裡的沈世鈞、許叔惠還要懂得憐香惜玉，欣賞女性的美麗。仔細一想，完全是張愛玲的移情作用在那裡大做文章。這就是共黨批評家斥責的「小布爾喬亞」的優裕情感，放在《傳奇》中，任何一個角色發抒這樣的感性思維都是千該萬該，唯獨在《秧歌》裡卻是方枘圓鑿，不該。

這裡，張愛玲不知不覺將〈十八春〉裡世鈞、翠芝花燭之夜鬧房的一幕寫進了《秧歌》。前者有一節「深宵的紅燭」，《秧歌》也照樣移植了這一段，不過從淺描變成了深畫：

「蠟燭點亮了，只剩下一小灘紅色的燭淚，一瓣疊着一瓣，堆在碟子裡，像一朵小紅梅花。花心裡出來一個細長的火苗，升得很高，在空中蕩漾着。」

她把世鈞洞房之夜遺漏的一幕描寫了出來。

這一節的細節「唯美」描寫，頗堪與〈傾城之戀〉中白流蘇點蚊香那一篇媲美。

蛛絲馬跡，足證張愛玲對過去世界的耽溺眷戀有多深！

可惜，美則美矣，完全放錯了地方。

同一章內，「鬧房」那一節開始前，張愛玲又細緻地描寫了金根「會做夢」（想像力豐富）的個性，這一段也宜乎全抄，如下：

金根微笑地站在陰影裡。他常做到這樣的夢，夢見她回來了，就是像這樣，房間裡擠滿了人，許多熟悉的臉龐，在昏黃的燈光下。他心裡又有點恍惚起來，總覺得他們是夢，他是做夢的人。有時候彷彿自己也身入其中，有時候又不在裡面。譬如有時候她們說得熱鬧，他插不進嘴去，說了話人家也聽不見。

這裡有關金根心理描寫，小布爾喬亞的氣息非常非常的濃厚，又有點像個高級知識份子，甚至詩人，觸覺靈敏，普通一般的農民，像金根，稚拙善良忠厚，又帶上一點憨直，哪來這一副彆彆扭扭、平平仄仄的肚腸？

同一章（三）以前的一章（二），描寫金根曾經上城（上海）去探望過一次月香，離開上海的那一天，兩人對坐在主人廚房的方桌前談話，離別的時候，「他把傘撐開來，走到衖堂裡。外面下着雨，黃灰色的水門汀上起着一個個酒渦。他的心是一個踐踏得稀爛的東西，黏在他鞋底上」。

一個可能是白丁文盲的農民，怎麼會體驗到自己的心「是一個稀爛的東西，黏在他鞋底上」？

《紅玫瑰與白玫瑰》裡的佟振保可以這樣想，《秧歌》裡的譚金根卻不可以，其理自明，「毋庸再議」了。

此後不再有關於金根的心理刻劃，一直到最後三章才演出他與月香的主戲，結束全書。然而，我們對金根個性的認知，委實模糊。僅有的一點描寫，有如前引，又是不適當的，所以我說，金根這一個人物，張愛玲塑造得不大成功——乍一看似模像樣，細究之下，是平面的(Flat)，不是立體的(Round)(套用E. M. 福斯特的說詞)。

缺少了主角的「書寫」(Discourse)，我們還能稱它做小說嗎？

七

其實，何妨以閱讀散文的心情來對待《秧歌》？

我就常常把《秧歌》當散文來唸，仍然覺得收穫匪淺。

讀張愛玲的作品，文字的愉悅是第一。

讀張愛玲，總是可以失之東隅、收之桑榆的。

這也就是她所謂的「要一奉十」吧？

《秧歌》是用優美精緻的散文，寫成的田園讚歌。華夏神州，江南水鄉，處處是神秀、骨秀魅麗的風景，張愛玲用她那枝挺拔俊秀的彩筆捕捉了她的神韻。散文也可以做到「平淡而近乎自然的」境界的；而小說則較難做到，我認爲。

張愛玲寫江南小鎮，往往帶着一絲夢幻的色澤。譬如小說一開始，她是用一排茅廁來介紹它，這和吳組緗的《樊家鋪》以一棵香氣襲人的老桂樹來介紹線子嫂的出場，形成有趣的對比。茅廁介紹完畢，她先寫一個女人，手捧大紅洋瓷臉盆，從一爿店走出來，「把一盆汙水潑出天涯海角，世界的盡頭。」

這裡使人聯想到「嫁出去的女兒，潑出去的水」。

然後她寫另一個女人，是小鎮小店裡的老闆娘，「人很瘦，一張焦黃的臉，頭髮直披下來，垂到肩上；齊眉戴着一頂粉紫絨線帽，左耳邊更綴着一顆孔雀藍大絨毬……像戲臺上武生扮的綠林大盜……」

這是《水滸傳》裡的扈三娘。吳組緗、沈從文的短篇故事內，也會出現這樣類似強盜婆似的女角，像線子嫂——但他們不會這樣寫，因爲他們較爲「寫實」。

張愛玲的筆觸，是介乎夢幻與寫實之間。是「詩、散文、木刻」的結合（一本臺灣早期文藝雜誌的名字）。

接下來她描寫幾隻步態優閒的母雞，把小鎮寧靜、世外桃源的氛圍，整個烘托出來了：

幾隻母雞走在街上，小心地舉起一隻腳來，小心地踩下去，踏在那一顆顆嵌在黑泥裡的小圓石子上。

「生命有它的圖案，我們惟有臨摹。」她在〈傳奇再版自序〉裡說的話，在這段描寫裡找到了最佳的註腳。

因爲篇幅所限，我不想再多舉例，只想提綱挈領的列舉一下：月香飯後到溪邊洗衣服，蹲在石級的最下層那一段，王同志跟着部隊開進一個「易手」多次的小城，在斷垣殘壁，碰見一個女鬼魅影那一段：在這裡，「易手」的小城是一個具有雙重意義的「意符」(Signifier)，可與他追逐的那個失去的女子沙明，等量齊觀，這裡的例舉，不過係犖犖大者。

八

我這樣的貶抑《秧歌》，是有內在的緣由的，並不是我一味只想看張愛玲寫的鴛蝴派的言情小說，她寫的別文我就興趣缺缺。忝爲張迷，我終於將這一番苦衷和盤托了出來，除了吐了一口長氣，也是藉此澄清一下存在已久的一個誤會。至於張愛玲自己，不僅對《秧歌》非常珍愛，對《赤地之戀》也並不厭惡得那樣。《赤地之戀》久久不能在臺灣重印，是有着不得已的苦衷，並非如王德威在〈重讀〉一文所指，是她自己「扣」下的。恰恰相反，她爲了皇冠久不發排《赤地之戀》，相當不愜意。皇冠主持人平鑫濤先生，爲此特別作出聲明：不出《赤地之戀》，不是他的錯，是「白色恐怖」之錯（見《全集》主編彭澍君對平鑫濤的訪問一文，載《華麗與蒼涼》，八五、一二）。

國家圖書館出版品預行編目資料

張愛玲未完：解讀張愛玲的作品/水晶著. --
初版. --臺北市：大地，民 85
面；　公分. --(萬卷文庫；220)
ISBN 957-9460-81-7(平裝)

1.張愛玲-作品集-評論

857.7　　85013549

張愛玲未完——解讀張愛玲的作品

萬卷文庫㉒⓪

著　　者：水　　晶
校　　對：水　　晶、陳　美　秀
封面題字：董　陽　孜
封面設計：曾　堯　生
影像構成：陳　麗　娜
發 行 人：姚　宜　瑛
發 行 所：大地出版社
臺北市瑞安街 23 巷 12 號
郵撥帳號：0019252-9
電話：703-3862　傳眞：708-9912
印 刷 者：松霖彩色印刷公司
初　　版：一九九六（民國八十五）年十二月
定　　價：平裝 170 元

新聞局出版登記證：局版臺業字第 3279 號